Jarne Thorildsson

Mördarens Villospår

Kommissarie Max Låglund

Förlag: BoD – Books on Demand, Stockholm, Sverige

Tryck: BoD – Books on Demand, Norderstedt, Tyskland

ISBN: 978-91-7699-127-5

Solen började ge sig till känna där bakom molnen, vattnet speglade sig och det var en riktig vår förmiddag. Badplatsen i Hovshaga brukar alltid vara full av människor som badade eller satt på stranden och fikade, men idag var det alldeles lugnt, inte en människa fanns inom synhåll. Lisa gick längs strandkanten och tittade ut mot de små vågorna som sköljde upp mot stranden. Vid sin sida hade hon sin trofasta vän, hunden Charlie. Lisa tog av sig sina svarta lädersandaler och lät vattnet skölja hennes fötter. Lisa tittar ut mot vattnet och drömmer sig bort, snart kommer hon familjen att kunna gå på stranden och bara njuta. Men först måste hon klara av dagens tunga arbete. Lisa tar alltid en sväng vid sjön varje morgon med hunden för att känna lugnet innan hon åker till jobbet.

Lisa jobbar som åklagare vid Växjö Tingsrätt och hon är tuff och hård i sin karaktär. Hon vill alltid vinna sina mål mot Sveriges brottslingar och få de inlåsta, men som privat person är hon en lugn och harmonisk människa, vilket kan vara svårt att förstå när man ser henne in action.

När Lisa går längs strandkanten hittar hon en pinne liggandes som hon tar upp och kastar iväg, och låter Charlie får springa och leka. Hon fortsätter att gå längs med strandkanten och njuter av vyn när Charlie kommer tillbaka med pinnen och vill fortsätta att leka. Hon fortsätter att kasta pinnen och njuter av att se hur glad Charlie blir. Hur härligt det än var att gå promenaden längs strandkanten så var det snart dags att lämna stranden och gå hemåt. Tingsrätten för att få den misstänkte fälld för sina brott. Hon tar på sig sina sandaler och fortsätter sedan att gå hemåt för att lämna Charlie och ta med sig sin portfölj som innehöll all information om fallet.

När Lisa går och tittar ut över vattnet och njuter får hon en konstig känsla av att någon iakttog henne, och fanns där bakom henne. Hon vänder sig om för att se om hon kan se någon, men det finns ingen där bakom henne. Det var nog bara vinden som ven genom träden tänkte hon. Lisa fortsätter att gå hemåt längs den grusiga lilla vägen som låg precis intill ett skogsområde för att lämna Charlie.

Lisa kunde inte släppa tanken på att någon var bakom henne. Hon känner efter i sina fickor om hon har sin mobil med sig, men efter att ha letat i alla fickor på den lilla rosa kavajen som hon hade på sig förstår hon att den ligger kvar hemma på köksbänken. Hon tittar på Charlie och ser på honom att han inte reagerar på att det var någon som skulle vara efter dem, vilket han skulle ha gjort i sådana fall. Med en lättnads suck skakar hon av sig känslan av att vara förföljd och fortsätter och gå hemåt.

Plötsligt känner hon två händer runt hennes mun som trycker hårt så hon inte kan skrika. Paniken rusar över henne och hon försöker med allt hon var värd att komma loss ur dödsgreppet. Under tiden hon försöker ta sig loss och skrika så högt hon han kan, så hör hon en mansröst som säger till henne att vara tyst, för då kommer det hela gå väldigt fort och jag tror att du föredrar det. Men försök du skrika, jag har all tid i världen sa mannen. Lisa känner på något sätt igen rösten men kan inte placera den när hon är i den situation som hon nu är i.

Mannen drar ner henne på marken och sätter sig gränsle över henne, och sätter sedan på henne en tejp bit över hennes mun för att hon inte skall kunna skrika. Mannen kände att han inte hade så mycket tid på sig som han hade sagt innan, det måste gå fort. Han drar in henne i den lilla skogen som fanns bredvid stigen, Lisa försöker med all sin kraft att komma loss ur dödens grepp. Men efter att ha kämpat så hårt för sitt liv har hon nu ingen kraft kvar för att hålla kvar Charlie i sin hand så kopplet faller ur hennes hand. När hon inser att Charlie kommer att lämna hennes sida blir hon både rädd och känner sig ensam. Rädd för att ingen ska finna honom och komma till hennes räddning och ensam att behöva befinna sig där själv. Men hon inser att Charlie var hennes enda räddning för att kunna komma därifrån.

Mannen skriker till Charlie, gå hem! och kastar sedan en stor sten mot Charlie, som han finner vid sina fötter. Charlie springer därifrån med kopplet hängandes efter. Lisa blev nu än mer förtvivlad, hur skulle hon nu kunna klara sig?

Mannen sätter sig gränsle på henne och lägger sina händer om hennes hals och tar stryptag på henne. Lisa förstår att om hon ska kunna överleva detta så måste hon försöka med all sin kraft att få bort honom från henne. Mannen trycker hårdare och hårdare om hennes hals men ju mer hon försöker göra motstånd desto hårdare tar mannen tag om hennes hals. Lisa börjar få mer och mer panik och försöker få upp sina ben för att sparka honom. Men mannen förstår vad hon försöker göra och drar sin kropp längre ner mot hennes bäcken så att hon inte kan röra sina ben. Hon försöker med sina armar och slå mannen och med sina händer försöker hon att riva mannen, eller på något sätt få han att släppa taget. Hon ser en liten sten ligga på marken vid hennes högra sida och försöker med all sin kraft att nå den. Fingrarna är så nära att de snuddar stenen lite men hon får inte tag om den, på något sätt. Hon försöker förtvivlat att nå den en gång till men hon lyckadas inte.

Lisa vänder bort sitt huvud för att slippa se sin mördares svarta ögon, det enda hon kan tänka på är att hennes små flickor väntar på henne där hemma. Hon försöker förtvivlat komma loss och komma hem till flickorna. Lisas pupiller blir större och större av den panik hon nu har, mannen såg paniken i hennes ögon och kunde nu njuta så mycket av att hon var i underläge.

När han ser hur hennes panik har blivit större och att hon snart inte kommer kunna ta ett andetag mer, säger han med en belåten röst, nu ska du dö!

Det är du värd din jävla bitch!

Lisa började tappa verklighetsuppfattningen och de sparkande benen började sakta minska, hon orkade inte mer! Hon försökte en sista gång att få ett ordentligt andetag men det gick inte, i hennes kämpande kropp fanns inte en gnutta ork kvar, Lisa var nu död!

Mannen är nu nöjd över att han har lyckats döda henne, men det tog mer på krafterna än vad han hade räknat med. Han hade inte räknat med att hon skulle vara så stark och kunna göra så mycket motstånd.

Han drar ner sina byxor och börjar tränga in i Lisas döda kropp för att våldta henne. Han blir mer och mer upphetsad, han tittar upp snabbt för att se så ingen kan se honom. När han inser att ingen finns i hans närvaro fortsätter han att våldta henne. Mannen inser att han kommer få utlösning snabbare än vad han hade tänkt sig, och inser att han snart måste dra ut sin penis för att inte lämna några bevis efter sig. Motvilligt så drar han ut sin penis fast han hade haft möjlighet att fortsätta ännu längre, nu måste han sansa sig. Han ställer sig upp ovanför Lisas kropp som ligger där strypt och våldtagen, trosorna är sönderrivna och kjolen har han dragit upp över ansiktet för att slippa se henne och börjar urinerar på henne. När han var färdig med urinerandet så drar han upp sina byxor, knäpper dem och sedan går han ut ur skogen och försvinner spårlöst in bland de andra människorna i området.

Lisas kropp ligger dumpad bland kvistar och stenar. Våldtagen, strypt   som om hennes kropp inte hade någon värdighet i mannens ögon.

Lisas mål mot en man som stod åtalad för mord skulle nu startas i Växjö Tingsrätt. Den åtalade, försvarsadvokaten, och den mördades anhöriga satt alla i sal 18 och väntade på att Lisa skulle komma. De var så otåliga och tittade mot dörren hela tiden och hoppades att hon skulle komma in, det var viktigt att rättegången skulle bli av nu.

Men efter att en halvtimme hade gått över den utsatta tiden och Lisa inte hade dykt upp började domaren förstå att något inte stämde, för det var inte likt Lisa att inte hålla tiderna. Domaren begär att man tar en stunds paus för att klargöra vad det var som var fel. Poliserna och väktarna som satt med på rättegången tog med sig den åtalade mannen ut ur rättssalen och satte han i ett häktningsrum som fanns bakom rättssalen.

Domaren och nämdemännen går ut ur rättssalen och in på ett litet kontor. Han tar fram sin mobiltelefon som han hade sin rockficka och ringer till Lisas mobiltelefon. Signaler går fram men inget svar, han ringer upp en gång till och låter det ringa ut men fortfarande inget svar.

Han letar upp numret som går till Lisas sekreterare och frågar henne om hon vet varför Lisa inte har kommit till rättegången. Men han fick till svar att hon inte visste vad han pratade om för Lisa skulle åka direkt till Tingsrätten på morgonen och hon hade allt om fallet med sig hem. Han tackade så mycket för informationen han fick utav henne och stängde av samtalet. Han förstod att något var fel, riktigt fel för det här skulle Lisa aldrig göra. Han går tillbaka ut i rättssalen tillsammans med sina kollegor och meddelar att rättegången skjuts upp till imorgon samma tid. Eftersom att de inte vet vad som har hänt med åklagaren och ingen kan hoppa in med sådan kort varsel. Stämningen i salen blev väldigt dyster både för kollegorna men även för den misstänkte som ville ha sin rättegång nu för att förhoppningsvis bli frikänd och komma ut idag.

Domaren kände att han behövde göra något han kunde inte bara sitta här och vänta på besked, hon var ju trots allt en kollega och en väldigt god vän. Han tog sin kavaj, nycklar till bilen och sin mobiltelefon och lämnade kontoret snabbt för att ta sig till sin bil som stod parkerad i garaget och körde sedan mot Lisas hem. Domaren kunde inte släppa tanken på att det var något som inte stämde. Han hade känt Lisa i så många år och detta är något som inte finns i hennes värld att göra. Han svänger in på Viksvägen och kör mot Ändgatan där Lisas hus ligger. Med en klump i magen över vad som kommer möta honom parkera han bara snett in i på garageuppfarten och får mot sin förtvivlan se att hennes bil stod parkerad utanför deras hus.

Han rusar ut ur bilen och ser hur hennes hund ligger och väntar vid dörren med kopplet intrasslat vid sina ben. Han springer fram till Charlie som gnyr av förtvivlan över att inte komma loss och hjälper honom att bli befriad från kopplet. Han knackar på dörren, och medans han väntar på att någon i familjen skall öppna dörren tittar han in genom fönstret som är bredvid dörren. Fönstret ledde in till köket där han kunde se att det stod disk framme från morgonens frukost. Det var som att de var tvungna att springa iväg i all hast, vad hade hänt?

Han bankar på dörren igen, men Ingen kom och öppnade hur hårt han än knackade. I frustration så börjar han känna på ytterdörren om det nu var så att den var öppen, men där hade han inte lyckan med sig, den var låst. Han går runt huset och ser om någon balkong eller fönster var öppet, men allt är låst han kommer inte in! kunde Lisa vara därinne? I förtvivlan går han tillbaka mot sin bil och vet inte vart han skall göra.

Han tar upp sin mobil för att ringa till Lisas mobil igen, men det ringer ut även nu. Han går fram till Charlie igen och klappar honom samtidigt som han försöker komma fram till hur han skall gå vidare för att finna henne. Han beslutar sig för att gå runt i området för att se om det har hänt henne något, han började oroa sig för om hon hade fått insulinkänning då hon var diagnostiserad med diabetes typ 1.

Han tar på Charlie koppel och tar med han för att se om de tillsammans kunde finna henne. Han ropar flera gånger Lisa! Vart är du! Tiden går och de finner inga som helst spår av henne och hur mycket han än ropar så får han inga svar. Efter en stund kommer de ner på stranden där Lisa tidigare hade gått med Charlie.

Charlie börjar nu bli mer ivrig och han förstår att hon kanske finns här i krokarna. Han säger till Charlie att söka efter matte, men först blir det inget gensvar men när han säger till en gång till så börjar Charlie springa och han förstår nu att det kanske finns en möjlighet till att finna henne. Rädslan över vad han kommer möta blir större och han försöker förbereda sig för det värsta tänkbara men samtidigt vill han inte tänka på det värsta heller.

Plötsligt börjar Charlie skälla och springer fortare, han kunde inte längre hålla emot kopplet utan tappade det, han sprang efter Charlie så fort han kunde. Med andan i halsen kom han fram till Charlie som låg vid Lisas sida som den trogna vän han alltid har varit.

Han fylls av skräck över att se Lisa ligga där mördad och blottad, han går fram till kroppen och ser hur hennes pupiller är stora och förstår vilken panik hon måste ha haft. Han ser att hon även har blivit våldtagen då trosorna är sönder rivna och hennes svarta lilla kjol är sönder riven. Han tar upp sin mobil och fingrarna skakar att han knappt kan slå någon siffra men han tar ett djupt andetag och lyckas slå 112.

Hej mitt namn är Stefan Eriksson och jag vill rapportera ett mord, kvinnan som svarade frågade vart han befann sig och han berättade att de skulle köra till viksvägen, och där de kunde se en liten skog och fortsätt sedan mot den så kommer jag och möter upp er. Han la på luren och vänder sig mot Lisa och tittar på henne med tårar i ögonen. Vem har gjort det här mot dig, frågade han sig själv flera gånger. Han ser att hennes huvud är vänt mot hennes hus, vad tänkte hon när hon låg där?

Minuterna var långa för Stefan att vänta på polisen helt ensam, vid en död kropp som han kände. Han ville inte röra kroppen eller vara vid kroppen för att gå över eventuella fotspår för att försvåra för rättsteknikerna så de kunde få fram något DNA. Han tog tag i kopplet och ropade på Charlie att komma så de skulle lämna skogsdungen för att möta upp polisen.

Han kände att han både ville lämna Lisa och även stanna kvar. Han sätter sig på en liten sten som han påträffar lite längre bort från fyndplatsen. Han vänder huvudet så att han inte behöver se Lisa ligga där död.

Det ringer i en telefon på avdelningen mordroteln, polisen Erik svarar och får informationen att ett lik har hittats. Erik ropar på kommissarien Max Låglund att ett lik har hittats. Den nya kommissarien blev glad att de äntligen hade fått ett fall som han nu kunde styra och bevisa att han var rätt man för jobbet. Han ropade till Erik och sa till han att han skulle ta Emma med sig till brottsplatsen.

Äntligen kunde Stefan höra polissirenerna när han satt där på stenen med Charlie vilandes vid sina fötter för att möta upp dem. Erik och Emma klev ur bilen och gick mot Stefan. Vi heter Erik och Emma och vi jobbar på polisen, är det du som har ringt? Ja svarade Stefan, jag har hittat ett lik så följ med så skall jag visa vägen.

De gick in i skogen som var full av stenar i alla storlekar, och grenar som låg huller om buller. Hur har mördaren fått in kroppen här, sa Erik lite kaxigt. Erik hade jobbat som polis i många år och hade skin på näsan, han brydde sig inte vad andra tyckte och tänkte medans Emma var tvärtom, en osäker person som hade svårt att vara i en grupp men som var en fantastisk polis.

Efter att ha kämpat med att komma över alla grenar och stenar kom de äntligen fram till Lisas lik. Erik frågade Stefan om han hade rört vid liket.

-Nej, det är klart att jag inte har gjort det, svarade Stefan.

- Det var väldigt klok utav dig som medborgare att inte lämna dina fingeravtryck, du är inte så dum som du ser ut sa han med en kaxig röst.

-Nej det kanske beror på att jag jobbar som Domare i Tingsrätten och förstår innebörden av vad ett ordentligt polisarbete gör för att kunna fälla eller fria en person, vilket i sin tur gör att mitt jobb som domare blir mycket enklare svarade Stefan.

Erik blev ställd och himlade med ögonen för kaxighet bet inte på honom, han fortsatte gå mot liket och efter en stund kom han fram.

Jaha var här vi här då, en kvinna i 30 - 40 års åldern, strypt säkert våldtagen. Mördaren måste ha dragit in henne vid den här sidan sa han och pekade mot en liten stig som mynnade ut mot en stig.

-Varför gick vi inte den vägen från början sa Erik med ett hån mot Stefan.

-Jag tror att det kan bero på att vi inte skall förstöra några bevis svarade Stefan.

Emma började förstå att det var bäst att hålla de två personerna så långt bort från varandra innan det skulle sluta illa. Emma frågade Stefan om han visste vem den mördade kvinnan var, och i sådana fall hur såg deras relation såg ut.

Teknikerna fanns nu på mordplatsen och fotograferade liket, samt dokumenterade fotspår som fanns runt om liket.

Chocken hade nu börjat lägga sig för Stefan och han föll i gråt och han böjde sig ner och spydde. Emma la sin hand på hans axel och berättade att det var okej att må så här när man hittar någon person som har blivit mördad för första gången, men om vi skall kunna hjälpa till att hitta mördaren så skulle vi behöva få all information som möjligt.

Stefan torkade sina tårar med den nya ljusblåa skjortans ärm och förklarade att han skulle hjälpa till med allt vad han kunde.

-Kvinnan heter Lisa Karlsson och jobbar som åklagare i Tingsrätten, eller rättare sagt hon jobbade som åklagare. Hon är gift med Jan och har två barn tillsammans och de bor 120 meter härifrån.

Emma tackade Stefan för den hjälp han hade givit dem och frågade om han behövde skjuts någonstans, men han hade bilen vid Lisas hus så han klarade sig. Innan de lämnade fyndplatsen sa Erik till de andra poliserna att det skulle spärras av med en radie på 200 meter och att de skulle finkamma området för minsta fynd. Emma och Erik gick därifrån och tog följe med Stefan så de såg till att han kom därifrån ordentligt, plötsligt så visade Erik sin mänskliga sida som han så länge hade gömt.

Emma frågade lite försiktigt om Erik kunde lämna dödsbeskedet, för hon tyckte det var lite jobbigt när det handlade om en ung kvinna som hade småbarn. Erik svarade glatt att det var inga problem, det är lika hemskt att lämna dödsbesked även om de är unga eller gamla. Några meter bort ser de att Lisas man håller på att plocka in sina matkassar i huset, och barnen springer glatt utanför. Den kaxigheten som Erik tidigare hade försvann ganska fort då han förstod hur hans besked skulle fördärva en hel familj. Han var den personen som skulle meddela att mamman, och frun i huset aldrig skulle komma hem till dem mer. Hur skulle han klara av att lämna det beskedet? Det var något han inte hade gjort tidigare.

Väl framme vid huset hade alla i familjen gått in, så han ringer på dörren. Den öppnades glatt av en man som sa;

-Älskling har du glömt nycklarna igen?

När han såg att det inte var hans fru så bad han så hemskt mycket om ursäkt.

-Förlåt sa Erik, vi kommer ifrån polisen och mitt namn är Erik och det här är min kollega Emma, hon nickade till och sa hej lite tyst. Får vi komma in frågade Erik

-Självklart svarade Jan och öppnade dörren och lät de båda kliva in. Den lilla flickan som tidigare hade sprungit runt med sin ballong i handen glatt, kom nu springandes mot dem.

-Hej, skall ni vara med på mitt och min systers barnkalas?

-Fyller du år? Frågade Emma

-Ja, jag och min syster vi är tvillingar och fyller år idag och vi väntar på mamma som ska komma hem snart för då skall vi ha barnkalas med kompisar och släkten.

Erik och Emma tog ett djupt andetag och visste inte riktigt vart de skulle ta vägen, det här blev mycket värre än vad de hade tänkt sig. Hur skulle de kunna fira sina födelsedagar de kommande åren när det var samma dag som deras mamma blev mördad?

-Vad roligt med kalas svarade Erik och gick mot vardagsrummet där Jan befann sig.

Jan satte sig i fåtöljen, och Erik och Emma satte sig i en soffa lite längre bort.

-Jo jag undrar om det stämmer att du är gift med Lisa? frågade Erik lite försiktigt.

-Ja det är min fru och hon skall komma hem snart, kan jag bjuda på något så länge?

-Nej tack det är bra svarade Erik. Jag vet inte hur jag ska kunna säga detta på bäst men det är så att jag är hemskt ledsen att behöva säga detta, men Lisa har tyvärr hittats mördad en bit härifrån.

Jan försökte vara sansad men han lyckades inte, utan la ner sitt huvud i sina händer och brast ut i gråt av förtvivlan.

-Vad är det du säger? Lyckades han få fram.

-Jo, det är så att vi har hittat Lisa strypt i skogen lite längre bort. Förlåt om Jag frågar men hade Lisa några ovänner, eller fanns det någon som ville henne illa? Fanns det hot mot henne? Frågade Emma.

-Jan berättade att hon jobbade som åklagare och att alla som hon har fått fällda kan man väl säga är hennes ovänner, och de har nog svårt att inte se henne som en ovän.

Jan började nu bli vitare och vitare i ansiktet, han frågade poliserna hur skulle han berätta för barnen att deras mamma inte kommer hem mer och dessutom inte på deras födelsedag? Undrade Jan.

-Erik frågade lite försynt om det fanns någon han kunde ringa som kunde komma till honom, så han inte satt själv efter ett sådant här besked.

-Jan berättade att han kommer ringa sin mamma som kommer komma hem till honom.

Barnen kom in till Jan och frågade varför han var så ledsen, det var ju deras födelsedag. Erik och Emma reste sig upp ur soffan och tackade för sig och lämnade Jan med barnen. På väg mot bilen vänder sig Erik om och ser tvillingarna i fönstret som vinkar glatt. Erik med den kaxiga personligheten kunde inte annat än att fälla en tår.

-Där står de och vinkar så glatt och är helt ovetandes om hur deras vardag kommer bli, ingen mamma som kommer pussa dem god natt mer eller plåstra om deras sår när de har ramlat, det är grymt sa Erik.

Emma höll med av vad Erik sa, de satte sig i bilen och körde tillbaka till polisstationen, under bilfärden dit var stämningen väldigt låg och det hade tagit hårt på dem då sådana här fall är svåra att vara professionella.

När de kom in på polishuset ropade Max Låglund,

-Möte om fem minuter i konferensrummet!

Poliserna plockade ihop sina laptops och sina kaffemuggar och gick in i konferensrummet, där stod han den nya kommissarien Max Låglund vid Clevertouchen och väntade in all personal. Han var ny på sin post och ville visa framfötterna för sina chefer, så hans attityd var kaxig och manhaftig. Hans hår var långt och lockigt och skägget var så väl ansat så det gick inte att hitta ett hårstrå som låg fel. Där stod han som nu skulle leda alla poliser i rätt riktning för att hitta mördaren.

-Välkomna hit, vi har ett mord!

Det är ett mord på åklagaren Lisa Karlsson, hon har blivit strypt och därefter har gärningsmannen våldtagit henne. Mördaren har även urinerat på henne. Vi kommer få veta mer detaljerat när rättsläkaren är färdig med obduktionen.

-Har vi fått något svar på urinet? Undrade Erik.

-Man kan inte ta DNA prov på urin, Så där går vi bet, svarade Max.

Erik och Emma, ni kollar upp hennes liv om hon har blivit hotad och gjort någon anmälan, om så är fallet vill jag få veta mot vem hon har gjort anmälan. Sedan gör ni ett besök på hennes jobb, sa Max.

-Lena du tar hand om massmedia för när de får nyss om det här så kommer de vara som hyenor efter oss och vill veta vad vi har, och för tillfället har vi ingenting att gå på och det kan vi inte ens yppa, sa Max.

Max tittade på Anna, en ung kvinna som var sugen på att visa framfötterna.

-Du! Du tar och kollar upp i brottsregistret om det finns någon som är dömd för liknande brott.

Så nu kör vi igång och löser detta fall sa Max.

Alla reste på sig och lämnade rummet med tanke om att det här fallet skall vi lösa, om inte annat för de små tjejerna. Så de kan få upprättelse om vad som har hänt deras mamma.

Emma och Erik kom in på Lisas kontor, det var ett stort kontor med ett fint antikt skrivbord och på andra sidan av rummet stod det en soffgrupp i skinn. Plötsligt kommer det in en kvinna iklädd kostym och höga klackar, håret var uppsatt i en klämma och frågade vilka de var, och vad de gjorde härinne.

Emma berättade att de kom från polisen och ville kolla igenom Lisas kontor i jakt på att finna några ledtrådar för att hitta hennes mördare.

-Förlåt, jag visste inte om att ni skulle komma nu, jag förstår inte vem som kan ha gjort det mot henne, tårarna rann ner på hennes kinder och hon tog fram en servett som var så blöt efter att hon hade gråtit så och fortsatte att torka sina tårar. Är det något ni behöver eller undrar över så finns jag här utanför precis, sa Linda.

Tack, sa Emma och gick mot hennes skrivbord som var fyllt utav olika mappar med brottslingar som hon både jobbade med nu, och skulle börja arbeta med. Emma förstod när hon såg mapparna vilka brottslingar det egentligen var som hon hade hand om, det var verkligen var tunga brottslingar. På andra sidan skrivbordet fanns det även ett kort på hennes barn. Emma lyfte upp kortet och det gick en kall kår i kroppen på henne

-Stackars barn, sa Emma och ställde ner kortet på bordet igen och tittade vidare vad som fanns där.

De hittade mappen där hon hade all informationen om fallet som hon skulle ta i rätten idag innan hon blev mördad. Mannen som var åtalad hade ett långt brottsregister med våldtagningar och mord, kunde han vara av intresse för mordet på Lisa? Hon tog mappen och även hennes kalender som Lisa hade på sitt bord med sig. De lämnade kontoret och meddelade Linda att de tog med sig mappen om fallet som hon skulle ha i tingsrätten idag och även hennes almanacka, Linda nickade att det var okej och fortsatte att torka sina tårar som hon inte lyckades hejda. De lämnade byggnaden och begav sig av mot polisstationen.

Med mappen i handen på Emma klev de in på kontoret och sa högt att de hade hittat något av intresse. Poliserna gick in i konferensrummet och Max kom strax efter och frågade hur vi ligger till. Emma berättar att Lisa höll på med ett fall som skulle upp i rätten idag och den åtalade var en man som hade ett långt brottsregister med våldtagningar och mord, kunde det kanske vara så att han kunde vara inblandad.

-Bra jobbat, sa Max. Ni får åka ner till häktet vilket jag förmodar att han befinner sig i och förhöra honom om han är inblandad i detta. Vad ni än kan få fram så är det positivt, för som det är nu så har vi ingenting att gå på, förutom den mannen.

Linda berättade att massmedia vill ha intervjuer och frågar om vi har någon misstänkt ännu. Vad vill du att jag ska svara dem? undrade hon.

-Det har endast gått sex timmar sedan vi fick fallet, vad förväntar de sig utav oss? undrade Max.

-Linda, du fortsätter att svara de kort och koncist sa Max.

På Clevertouchen bakom Max fanns det nu ett kort på Lisa, ett där hon var levande och log så glatt, man kunde verkligen se hur hon trivdes med livet. Och ett kort där hon låg på marken i skogen mördad. Det stod även hennes namn, ålder, arbete, familj, och längst upp var det ett frågetecken, där skulle det snart komma upp ett namn och en bild på självaste mördaren. Men hur skulle de komma fram till mördaren? nu var det riktigt polisarbete som behövdes och med Max grupp skulle de väl klara av det.

Max lämnade kontoret men meddelade att han var anträffbar på mobilen om det var någon som ville få tag i han. Han la sin kavaj på armen och tog sin portfölj i den andra handen och lämnade huset. När han kom ut ur polishuset hade regnet börjat ösa ner, så istället för promenaden hem så vinkade han in en taxi och hoppade in. Där satt han bak i taxibilen och tittade ut när regndropparna föll mot fönsterrutorna, han hade nu klarat av den första veckan på jobbet. Max var helt slut i både kropp och själ, skulle han klara av denna arbetsuppgift som kommissarie? Det var mer jobb än vad han hade förväntat sig, och han visste inte hur han skulle vara för att få den bästa kontakten med poliserna på arbetet.

Taxin stannade vid Max hus och Max klev ur bilen och gick mot dörren, han letade efter sina nycklar men fann de inte de någonstans. Han ställde ner sin portfölj och letade förbrylt, regnet öste ner på honom. Tillslut hittade han sina nycklar och låste upp dörren och klev in. Han tog av sig skorna och ställde de fint i hallen och hängde kavajen i garderoben. Han ställde ner sin portfölj på sin plats i hallen där den skulle stå tills imorgon när han skulle till jobbet så att han visste exakt vart den fanns. Han gick in i köket och satte på lite kaffe, medans kaffet droppade ner i kannan plockade han fram morgondaggens kostym och la den fint och prydligt på soffkanten.

Max hem var något av ett annorlunda hem för en man i hans ålder, i köket fanns det endast en liten solblekt fönsterkappa och på golvet var det en gammal sliten trasmatta. Vardagsrummet hade han inrett med endast en fåtölj och en tv. Max var en person som inte hade så många vänner då han hade lämnat familj och släkten i Stockholm för att ta denna tjänst. Så ensamheten var väldigt stor och det var något som han tyckte var jobbigt för han har alltid haft en bra relation med sin familj.

Men detta var något som han inte ville att poliserna skulle veta för hur skulle deras syn på honom bli då? De skulle bli att de tyckte synd om honom och det skulle bara förvärra hans pondus bland poliserna på hans avdelning.

På morgonen började solens strålar falla in mot Max fönster och han vaknade till och tittade på klockan. Det var dags att stiga upp och möta dagens nya uppgifter som kommissarie. Varje morgon vid nio hade de alltid ett morgonmöte för att gå igenom dagens arbete och se över hur deras fall har fortskridit. Max hoppar in i taxin som står utanför hans hus och åker mot polishuset.

Max kommer in med andan i halsen,

-Det är nog bäst om du börjar träna lite för den andfåddheten kommer du inte långt med om du skulle behöva springa efter någon brottsling, sa Emma med ett litet skratt.

-Tack för den informationen, och som tack för att du upplyste mig om det så ska du får göra mig sällskap med träningen varje dag efter jobbet denna vecka, svarade Max lite kaxigt.

Emma blev paff och vågade inte svara honom för vad han mer skulle säga. De andra kollegorna tittade lite förvånat på Emma och nu kunde man förstå att det inte går att skoja med Max, för han förstår inte skämt eller ironi.

-Hur långt har vi nu kommit i fallet? Undrade Max.

Linda berättar att hennes telefon går varm av massmedia som vill ha intervjuer med dig Max, om Fallet med Lisa. Max svarade att de får vänta jag har inte tid med dem nu, vi måste få arbeta utan att ha de i hasorna hela tiden.

-Emma och Erik hur har det gått för er? Vilka nyheter har ni och bidra med då? Frågade Max lite förväntansfullt.

-Vi fick inte träffa honom igår utan vi skall till häktet nu snart.

-Okej svarade Max då kör vi på. Men bara så att ni vet så kan ni jobba vidare med fallet och hitta bevis även om inte jag är här.

Emma och Erik tog sig till häktet, och de klev in som ett omaka par, Erik kaxig och Emma blyg och försynt. Men tillsammans är de ett riktigt radarpar som finner bevis och löser de mesta fallen.

-Vi är ifrån polisen och behöver få träffa Jörgen Hall, sa Erik.

-Kom med här, svarade polisen.

Polisen visade vägen till ett rum där det endast fanns ett bord och fyra stolar, och en kamera som står i sidan av rummet. Kameran fanns där om de behövde filma de olika samtalen.

-Ni kan vänta där så skall jag gå och hämta Jörgen, sa polisen.

De satte sig ner på varsin stol och tittade sig omkring, det är ett rätt dystert rum det här sa Emma,

-Ja men inte ska de väl ha ett glatt och färgrikt rum när de har begått ett mord eller annat brott, det är lika bra att de vänjer sig vid en cell i fängelset redan nu, svarade Erik.

Dörren öppnades och in kommer polisen med Jörgen som har handfängsel på sig, Polisen leder honom till bordet där Jörgen får slå sig ner på en stol på andra sidan bordet. Jörgen ser väldigt förvånad över att få se två helt okända människor som sitter och väntar på honom. Polisen ändrar handfängslet så han inte kan göra någonting och sätter fast handfängslet i en krok som fanns på bordet.

-Mitt namn är Erik och detta är Emma och vi kommer från polisen och nu är vi intresserade av dig, vad du har för relation till åklagare Lisa Karlsson?

Jörgen tittar på dem med de mest blå ödmjukaste ögon man kunde tänka sig.

-Ja du, hon skulle vara åklagare när mitt fall skulle tas upp till tingsrätten, hur så undrade Jörgen.

Emma berättade att Lisa har blivit mördad och att han nu var utav intresse i detta fall. Där satt han Jörgen, stor och muskellös med ett manipulativt leende och ögon som tidigare visade de mest oskyldigaste blå ögon, ändrade nu färg till svarta och lyste agg mot polisen.

-Nu är det så att jag har suttit häktad i snart fyra veckor i väntan på rättegång så om inte ni är helt tappade bakom ett flöte så förstår ni att jag måste vara oskyldig, eller fungerar inte hjärnor, sa han kaxigt!

Emma reser sig upp ur stolen och säger,

-Vi är inte så dumma som du mår tro, du kan sitta där med ditt fejk ansikte för jag vet vilken sjuk jävel du är, sa hon och stirrade in i hans ögon.

Jörgen började mjukna och fattade att han inte hade något att vinna på att vara kaxig på det här sättet. Emma satte sig ner igen på stolen och Erik tar henne lite försiktigt på axeln för att visa att han tycker att hon ska ta det lite lugnt.

-Vad jag menar är att jag inte har träffat henne innan, det skulle bli min första gång nu på rättegången som skulle varit igår. Jag vet inte vem kvinnan är, och har aldrig träffat henne innan berättade Jörgen.

Erik trodde på honom och undrade om han visste någon som skulle kunna ha mördat henne, men han hade ingen aning om det. Erik kände att detta var slöseri med tid att fortsätta ett förhör med denna man. Jörgen avslutade med att han visste ingenting om vem som hade mördat Lisa, men hans tankar går till hennes familj.

Emma tyckte att Jörgen var så sarkastisk och hade inget samvete över huvud taget, de vänder sig om och går mot dörren för att komma därifrån. Vid dörren vänder sig Emma om och tittar på Jörgen och säger,

-Jag hoppas att en sådan person som du blir dömd till riktigt långt fängelsestraff, för du är inte värd att finnas ute i samhället! Sen vänder hon på klacken och går ut ur rummet.

På polisstationen sitter Max vid ett ensamt bord och äter sin lunch och läser tidningen, de andra poliserna som kommer och ska äta sätter sig inte vid Max bord utan låter han sitta där själv och äta sin mat och läsa tidningen. Max utgav sig för att vara en person med stark auktoritet och pondus, men vilket han egentligen inte var. De andra poliserna hade en väldig respekt för Max och skulle absolut inte störa honom, och speciellt inte efter dagens uppläxning som Emma fick.

När Max såg att de kom in så tog han sin tallrik med köttgryta och ris som han knappt hade börjat äta på med sig och tidningen under armen och gick in i konferensrummet. Emma tittade lite konstigt på honom när han skulle fortsätta äta sin middag där inne. Men hon vågade inte säga något, för hon var inte intresserad av fler uppdrag av mannen som hon både hatade och tyckte om på samma gång.

Emma berättade sen att hon och Erik hade varit i häktet och pratat med Jörgen Hall och han är helt oskyldig till mordet på Lisa.

-Har vi fått något nytt angående avspärrningarna som gjordes vid fyndplatsen? Ingen svarade på Max fråga.

-Så vi står fortfarande här utan en enda misstänkt? Hur fan gör vi nu undrade Max.

Det knackade på dörren lite lätt och Max öppnade dörren lite för att se vem som befann sig där bakom och störde mötet. Max såg en liten kvinna med långt brunt hår uppsatt i en klämma och sminkad upp till tänderna.

-Ja vem är du, vi är lite upptagna här sade Max.

Kvinnan berättade att hon jobbade som rättsläkare och obduktionen av Lisa var nu färdig och hon kom upp själv för att ge oss den informationen.

-Förlåt svarade Max och öppnade upp dörren, jag är den nya kommissarien här, och vi har inte träffats innan du och jag. Varsågod och slå ner dig sa Max och drog ut en stol till henne.

Hon satte sig ner och berättade för de som inte hade träffat henne innan att hon heter Anna och jobbar som rättsläkare, nu har jag obducerat Lisa och följande jag kan ge er är, att hon har blivit strypt och därefter har mördaren våldtagit henne men han har inte lämnat några spermier efter sig. När mördaren hade strypt och våldtagit henne så urinerade han på henne, men tyvärr så kan man inte ta något dna prov på urin så där har vi ingenting att gå på. Denna mördare visste vad han gjorde och var kunnig nog att inte lämna några spår efter sig. När ni fann Lisa så hade hon varit död i ca två till tre timmar.

Poliserna satt där runt bordet och lyssnade ordentligt på vad hon hade att säga. Max tittade lite extra på henne, och rodnade lite lätt om kinderna då det hade blivit så fel från början mellan dem.

-Förresten, det var en sak till sa hon med en lite darrande röst, nästan så att hon skulle börja gråta. Lisa var även gravid i fjärde månaden.

Max tackade henne för att hon kom och delade med sig av informationen personligen och hoppades på att ett fortsatt bra samarbete skulle fortsätta dem emellan. Anna öppnade dörren och när hon kom fram till dörröppningen så stannade hon till och vände sig om,

-Snälla ta den jäveln som mördade min vän! Sedan fortsatte hon ut genom dörren.

Max försökte fånga upp allas uppmärksamhet efter den dystra lilla stunden och han var nu tvungen att få alla på hugget och arbeta.

-Erik du och jag tar förhöret med Stefan och se om han kan veta något. Kalla in honom hit vid klockan fem, och om han har något annat för sig så får han avstå från det, för detta är viktigt. Innan han kommer in vill jag att du åker hem till Lisas man och berättar om att hon var gravid och om han kan ha kommit på något nytt sa Max.

-Emma du går och knackar dörr i området och ser om du kan få fram någonting av intresse, sa Max och drack sedan upp det sista kaffet ur sin kaffekopp.

Kvinnorna i det lilla samhället hovshaga började nu bli rädda för att ens gå ut. Massmedia gav inga klarheter i fallet då polisen inte ville ge några svar på någonting om fallet med Lisa. Ingen visste någonting om varför det hade hänt, var det mot henne personligen eller var det så att en seriemördare hade börjat mörda i vår lilla stad? Det var mycket som låg på Max bord nu och reda i, skulle han fixa det innan något nytt hände igen.

Emma parkerade bilen ett kvarter från Lisas hus för att få med alla möjligheter till att få in någon som kunde ha bevittnat något. Hon gick upp för en trappa till ett stort gult hus och knackade på.

-Hej jag är från polisen sa hon, samtidigt som hon visade upp sin polisbricka. Jag undrar om du har sett något avvikande här igår på förmiddagen?

-Nej svarade kvinnan som öppnade dörren, och stängde dörren lika fort. Hon verkade inte intresserad utav prata med Emma.

Emma hann aldrig tacka för hjälpen. Hon gick ner för trappan och såg alla husen som hon var tvungen att knacka på, det här kommer ta tid insåg hon, men gick vidare med raska steg mot nästa hus för att kanske möjligen få någon som helst iakttagelse från någon.

Erik satte sig i bilen för att köra till Lisas man Jan, han ville berätta personligen att rättsläkaren hade berättat att hon var gravid. När han börjar närmar sig huset där Jan bor, ser han avspärrningarna från platsen där Lisas kropp hade hittats. Nedanför polistejpen som satt runt fyra stora träd som skulle spärra av allmänheten från att gå där, låg det en massa blommor på marken. Det var röda rosor, nejlikor, det var även små gravljus tända som stod så fint på marken. Alla i området var ledsna över att en sådan tragedi hade hänt i deras tidigare lugna samhälle. Platsen blev en minnesplats så alla kunde komma dit och sörja och tänka på Lisa.

Erik stannar bilen på Lisas garageuppfarten och kliver ur bilen, när han plötsligt möts av Lisas tvillingar. De tittar på honom med ett ledsamt ansikte, deras ögon var röda och svullna efter allt gråtande

-Jag vill inte att du kommer hit mer, sa en av tjejerna och torkade sina ögon.

-Varför inte det? undrade Erik.

-Jo för att sist du var här så gjorde du att jag bara grät och jag vill inte gråta mer så du kan gå hem, sa denna lilla tjejen med gråten i halsen.

Det gick rakt in i hjärtat på Erik och han förstod att han alltid kommer att associeras med något fruktansvärt i deras ögon. Erik suckade lite lätt och tog ett djupt andetag, den lilla flickans ord gick rakt in i hjärtat på honom.

Jan kom fram till dörren och bad om ursäkt för vad hon sagt, men det är en svår tid för oss nu och man säger saker som man egentligen inte skulle, sa han med gråten i halsen. Erik förklarade att det var ingen fara och att han förstod deras situation.

-Kom in, vill du ha en kopp kaffe? undrade Jan.

-Ja tack, svarade Erik och gick in i huset och följde efter in till köket och satte sig ner på köksstolen.

På bordet var det fullt av olika blombuketter som personer i byn hade givit honom, för att visa att de tänker på han och hans små barn i denna svåra sorg.

-Hur har du det, undrade Erik lite försiktigt.

-Det har varit de värsta dagarna i mitt liv men samtidigt har jag inte förstått att det har hänt. Jag kan inte förstå att hon inte kommer tillbaka till oss mer, svarade Jan och ställde ner kaffekopparna med darrande händer.

-Jag ska hjälpa dig sa Erik och tog fram sina händer för att hjälpa han och sätta ner kopparna.

Jan var så darrig i kroppen, då han inte hade kunnat sova ordentligt sedan han hade fått det hemska beskedet om hans fru. Sorgen var enorm både för han och flickorna. Jan berättade att när han ska stiga upp ur sängen efter att ha legat på hennes sida och luktat och känt doften av henne ville han bara lägga sig ner igen. Det var där han kände sig nära henne. Erik försökte sympatisera med honom, men han kunde inte förstå hur han kände, men han hade även ett hjärta som han inte så gärna visade.

-Jo nu är det så att vi har fått veta att Lisa var gravid i fjärde månaden, är det något som du visste om? frågade Erik.

-Nej, det visste jag ingenting om, svarade Jan och tog upp sin kopp för att smaka av det nybryggda kaffet.

Jan började gråta förtvivlat och satte ner sin kaffekopp och tittade på Erik. Han berättade att han tyckte att det var konstigt att Lisa inte hade sagt något, för när hon var gravid med tvillingarna så berättade hon det för mig så fort hon hade fått beskedet. Jan tog fram en servett som låg på köksbordet och torkade sina tårar men började gråta ännu mer, och talade om att han inte visste om att hon var gravid. Varför sa hon ingenting till mig, varför ville hon hålla det hemligt, är jag inte pappan? undrade Jan.

Erik ville inte göra Jan mer ledsen än var han redan var, och försökte svara så hjärtligt som möjligt. Kanske det var så att hon själv inte visste om att hon var gravid menade Erik. Men innerst inne så började Jan ana oro och tänkte högt, det var något som inte stämde. Kunde hon ha varit otrogen?

Erik visste inte vad han skulle svara på det, och hur skulle han komma ifrån att svara på frågan?

Erik frågade om han hade någon som kunde vara hos honom nu när han går igenom denna svåra kris?

-Min mor kommer idag, svarade Jan och torkade sina tårar.

Flickorna kom springandes till honom och ville sitta i hans knä. Erik förstod att det var dags att lämna familjen nu, de behövde vara för sig själva. Han tackade för kaffet och reste sig upp ur sin stol när en av tvillingtjejerna hoppar ner från sin pappas knä och gick fram för att krama om Erik och be honom att ta fast den som gjorde hennes mamma illa.

Han tittar ner på henne och ta bort hennes lugg som hänger för ögonen och säger att han lovar att göra sitt bästa. Han pussade henne i håret och klappade henne lite lätt på kinden. Han ville inte lova för mycket till den lilla tjejen, men egentligen hade han bara velat säga att jag kommer ta fast honom, men Erik ville inte inge falska förhoppningar i denna stund. Han vände sig om och gick med tunga steg ut genom dörren.

På vägen mot bilen vågade han inte vända sig om, och kanske mötas av blicken ifrån någon av flickorna. De kanske skulle stå i fönstret och vinka till honom, det skulle bli för tungt för honom så han fokusera på att bara gå till bilen. När han kom fram till bilen satte han sig i förarsätet och satte i bilnycklarna och lutade huvudet tillbaka och tog ett djupt andetag. Han frågade sig själv hur skulle han klara av att säga till familjen att de kanske inte skulle lyckas lösa? Han vågade inte tänka på tanken.

Ett fall brukade aldrig ta personligen på honom men detta fall var något speciellt och hur skulle han göra för att hitta mördaren? Skulle han kunna göra flickan tjänsten, att hitta den som gjorde henne illa? Tankarna for genom hans huvud och nu behövde han vara mer fokuserad än vanligt. Han startade bilen och körde tillbaka till jobbet.

Max satte sig till rätta vid sitt skrivbord i det stora kontoret som han hade tillgivits när han började. Hans kontor var stort nog att fylla med skrivbord, ett bord och fyra stolar, och en stor grön växt och två stora skåp att fylla. Medans de andra poliserna satt alla i ett enda stort kontorslandskap, men för att ge varandra lite arbetsro satt de flesta poliserna med hörlurar i öronen och jobbade hårt.

Erik knackade på Max dörr lite barskt,

-Kom in, ropade Max.

Erik öppnade dörren och sa, - Stefan är här nu.

-Ni kan komma in hit, så sitter vi här inne, svarade Max.

Stefan kom in på kontoret och tog i hand och presenterade sig.

-Tack för att du kunde komma hit så fort det uppskattar vi verkligen. Varsågod och sitt, sa Max och pekade mot en ledig stol inne i hörnet av bordet.

Han slog sig ner på den utpekade stolen och frågade om han fick ta en kopp kaffe när han såg brickan med koppar och en stor kaffekanna på bordet. Bara ta för dig, fick han till svar.

Max satte sig tillrätta i stolen och lutade sig lite bakåt och drog ut sina långa ben under bordet.

-Så du var den personen som hittade Åklagare Lisas lik i skogen? Frågade Max.

Stefan nickade till och smakade av kaffet innan han satte ner koppen på bordet.

-Berätta för oss från början hur det kom sig att du var där, undrade Max.

-Lisa jobbade som åklagare i Växjö tingsrätt och jag jobbar som domare där, så vi har känt varandra under ganska många år. Vi skulle ha en rättegång om en man som var skäligen misstänkt för mord och när inte Lisa dök upp efter en halvtimme tyckte jag att det var konstigt, för hon skulle aldrig missa någon rättegång. Jag bestämde mig för att skjuta upp rättegången tills idag på morgonen.

Men när jag inte fick något svar, när jag ringde till hennes kontor eller till hennes mobiltelefon så fick jag en konstig magkänsla och bestämde mig för att åka hem till hennes bostad för att se vad som hade hänt henne.

Max tittade på hur Stefans sätt och berätta var, fanns det en sorts nervositet? och hade han något att dölja? När Max hade synat Stefan ordentligt fortsatte han förhöret.

-Men vad hände när du kom till hennes bostad undrade Max och la sina armar i kors.

Stefan fortsatte att berätta att när han kom fram till huset så var bilen kvar på uppfarten och Charlie stod utanför. Efter en liten stund så tog jag med mig Charlie för att söka efter Lisa, kanske han skulle kunna hjälpa mig i sökandet efter henne. Efter att vi hade gått en lång promenad så fann vi till slut Lisa liggandes där i skogen. Stefan började bli känslosam och skulle smaka kaffet men spottade tillbaka det i koppen, då han hade pratat så länge så kaffet hade kallnat.

-Vill du ha nytt kaffe? frågade Max,

-Det är bra så, svarade Stefan.

Max fick en konstig känsla av förhöret av Stefan, men han kunde inte sätta fingret på vad det var. Stefan berättade att han inte visste vem som skulle vilja göra henne så pass illa, visst hon var en tuff brud i rätten men att ta till sådana här tillvägagångssätt går över mitt förnuft sa Stefan.

Max tackade för att han kunde komma hit så fort och tala med oss. Stefan ställde sig upp och tog i hand och sa hejdå. Han tog på sig sin kavaj och la sin mobiltelefon i innerfickan och lämnade rummet.

När Stefan hade lämnat rummet så satte sig Max ner igen och frågade Erik vad han trodde om Stefans involvering av fyndet av Lisas kropp? Erik berättade att han hade alibi då han var i Tingsrätten och han är dessutom en domare som skall skipa rättvisa i det svenska rättssamhället. Max tittade lite argt på Erik och berättade att det finns högre människor i rangordningen som har begått värre brott än så här.

Erik som hade arbetat som polis så länge började fundera på hur blåögd han kanske var trots allt. Erik lämnade Max kontor med ett självtroende som hade fått sig en törn, vilket inte hände han så ofta.

Emma kom innanför dörren till polishuset och gick raka vägen till Max kontor. Nu skulle hon allt ta sig i kragen och berätta för honom om de senaste nyheterna som hon hade fått. När hon kommer fram till hans kontor ser hon att han sitter lite halvliggandes i sin stol vid sin dator med ett allvarligt ansikte. Hon började fundera på om hon skulle våga knacka på och störa honom, det får bära eller brista tänkte hon för i värsta fall får jag väl en ny uppgift av honom. Hon knackade på lite försiktigt och såg att Max vände sitt ansikte mot dörren.

Åh nej tänkte Emma nu kommer det komma något. Han tittade på henne med ett leende och vinkade in henne.

-Förlåt om jag stör, sa Emma med en späd tunn röst men jag har lite nyheter om hur dörrknackning har gått.

-Inga problem, bara kom in och sätt dig sa Max.

Emma satte sig ner på stolen och Max satte sig bredvid henne. Han log lite smått och frågade henne hur har det gått för henne. Emma började berätta att hon hade varit runt i hela området och knackat dörr hos alla husägare för att se om någon som hade sett någonting. Men det var två hus där ingen öppnade dörren och ville prata med mig, men de har jag skrivit upp och kommer kolla upp de vid ett senare tillfälle.

Hon tog upp sin lilla svarta anteckningsbok och började leta fram informationen som hon fått av ett vittne. Men möten med Max börjar gå henne på nerverna, från ingenstans så började hon skaka lite av nervositet över vad han skulle säga till henne, skulle det komma någon gliring eller vad skulle nu komma från honom?

-Jo, Susanne var en kvinna som berättade att hon hade sett Lisa när hon var ute och gick med hunden om kring halv åtta på morgonen. Lisa hade sett ut som vanligt, men hon la märke till att det kom en man efter henne och han var klädd i en svart skinnjacka och mörkt hår som låg vaxat bakåt. Mannen hade även en tatuering på halsen som var en hand som visade fuckyou tecknet, hon kommer inte ihåg om det var på vänster eller höga sida som han hade det på, men tror att det var på vänstersidan. Hon la märke till det då det var en konstig tatuering och hon tyckte att han inte stämde in att kunna vara någon som bodde i området. Vi har även fått in samtalslistan från Lisas mobiltelefon och hon har ringt samma nummer ett flertal gånger på samma tidpunkt varje dag, och

-Vet du vem det går till? sa hon förvånat.

-Nej, men berätta, svarade Max och lutade sin kropp längre bak i stolen och drog fram benen.

-Det går till Domare Stefans personliga mobiltelefon sade Emma.

Max blev helt frustrerad över informationen och sa att vi hade han här alldeles nyss för ett förhör och han nämnde inte att han och Lisa hade något ihop privat.

-Bra jobbat sa Max med en belåten röst, nu har vi något att gå på. Be Linda kolla igenom brottsregistret om det finns någon som har en sådan tatuering som vittnet pekade ut att hon hade sett.

Linda reste sig upp och skulle precis gå ut från kontoret, när Max sa,

-Blir det bra om vi går och tränar klockan halv sex?

Emma tänkte för sig själv innan hon svarade, har jag något val?

-Det blir jättebra, svarade hon Max med ett litet falskt leende på läpparna och lämnade kontoret för att leta upp Linda som skulle göra en körning i brottsregistret.

Emma kunde bara se lite av Lindas huvud som skymde bakom alla datorskärmar som hon hade på sitt skrivbord. Bredvid alla skärmar låg det en massa pappershögar, kunde hon ha ordning i oredan? Emma harklade till lite och bad om ursäkt för sin framfusighet, men hon ville verkligen ha hennes hjälp. Linda tittar upp lite lätt ovanför hennes skärmar och ser att det är Emma som står där.

Hej Emma, sa Linda lite glatt.

-Hej Linda! Jag vill att du gör en sökning på en man i 40 års åldern med en tatuering på halsen som har en hand som visar fuckyou, är det okej?

-Absolut, jag gör det på en gång, svarade Linda. Emma tackade henne och lämnade sedan kontoret.

Klockan började närma sig halv sex och Emma hade hämtat sina gympakläder för att träna ihop med chefen Max. Emma stod utanför gymmet och rökte medans hon väntade på Max. Mörkret började falla och gatlysen började nu lysa upp mörkret och på gatorna var det lugnt och knappt en människa som gick där. Hon tittade på klockan och insåg att Max var väldigt sen, hon tänkte att hon väntar fem minuter till sen går hon. Vad skulle han kunna säga, hon har stått här och väntat och lytt sin chef.

Plötsligt ser hon sin chef komma gåendes lite längre bort, han hade kavaj, skjorta, och en stor svart ryggsäck. Skulle vi inte träna tänkte hon? Max kommer fram till henne och ber om ursäkt för sin sena ankomst men ibland blir det bara så, men nu lägger vi inga värderingar i det utan går in och börja träna. Emma svarade honom inte utan hängde bara på.

När Emma kom ut ur omklädningsrummet stod Max utanför i långkalsonger med ett par gula shorts över, och en rosa t-shirt på sig och var nu redo att börja träna. Emma kunde inte annat än att skratta lite åt honom, för den utstyrseln som han hade på sig trodde hon aldrig att hon skulle få se han i.

-Kom igen, nu kör vi på en timme eller två sa Max.

Emma hade inte så mycket att säga utan följde efter och gick upp bland alla träningsmaskinermaskiner.

När Emma kom ut från gymmet nyduschad stod Max och väntade på henne.

-Du va inte så dålig som jag trodde, sa han med ett litet hånskratt. Emma var snabb och svarade tillbaka, att han inte var så dum som han såg ut. Det skulle bära eller brista men hon var trött på hur han hela tiden var på henne.

Max skrattade bara åt henne och tyckte det var på tiden som hon började säga ifrån.

Morgonsolens strålar började tränga igenom persiennerna i Max sovrumsfönster. Alarmet på mobilen började ringa och Max tryckte av alarmet och satte sig upp i sängen. Morgontofflorna stod rakt och fint nedanför sängkanten och hans kostym hängde på garderobsdörren. Nu var det dags att stiga upp och åka till jobbet och göra ett bra jobb.

Max öppnar dörren till kontoret och möts av att Erik står och väntar på honom och tittar på klockan.

-Som vi har väntat på dig, vart har du hållit hus? vi har fått en ledtråd i fallet Lisa kom igen nu så går vi in och få uppdateringen.

-Jag måste bara hämta en kopp kaffe sen kommer jag, svarade Max.

Max skyndade sig in till sitt kontor och hängde av sig sin kavaj på galgen och ställe ner sin portfölj och gick och hällde upp sig en kopp kaffe. När han kom in i konferensrummet sätter han ner sin kopp och slår sig ner på den lediga stolen och tittar på Erik som står framme vid Clevertouchen.

-Har du något att säga Erik? I så fall säg det nu, annars har jag annat att göra, hasplade Max ur sig.

Erik blev lite paff och började plötsligt att stamma lite av nervositeten efter vad Max hade hasplat ur sig till honom.

-Jo, nu är det är så att Linda har gjort en körning i brottssystemet och fått en träff på en person. Han heter Oskar Lindkvist och har ett långt register som våldtäcksman, och mer där till.

-Lys honom! och du Erik, ta med dig Emma och åk till hans bostad och ta in honom om han är hemma. Annars väntar ni utanför hans bostad tills han kommer hem. Kom igen nu kör vi! Skrek Max till, och alla reste sig snabbt upp ur sina stolar och gick åt sina olika håll.

Emma och Erik kom fram till Oskar Lindkvist bostad, ett litet vitt hus som var fallfärdigt, det såg inte ut som att någon hade bott där i det huset på trettio år. På tomten låg soptunnan omkullkastad och soporna hade att ramlat ur och fåglarna hade varit på påsarna och hackat sönder dem och dragit ut allt som fanns där i hopp om att finna mat. För att komma över allt skräp som låg på gräsmattan fick de ta stora kliv för att inte stiga i det. När de kom fram till dörren hängde dörrlåset på trekvart och dörren var lite öppen. Erik knackade på dörren och ropade att de var från polisen. Inget svar, och Erik tryckte till dörren lite försiktigt, och ropade igen att det var från polisen men inget svar.

De tar upp sina pistoler som de hade i sina hölstren och tittar på varandra för att visa varandra att de är redo. De öppnar upp dörren och håller pistolerna framför sig i ett hårt grepp. De går med tysta steg sakta in i hallen. Det ligger gamla kläder på golvet överallt och mattallrikar med mat finns det på golvet, de fortsätter in i huset och tittar överallt om de kan finna honom i något rum.

Men det är tomt och öde, Erik och Emma lägger tillbaka sina pistoler i hölstren och bestämmer sig för att lämna byggnaden. De går ut till deras bil som står längre bort, för att kunna spana på huset om Oskar Lindqvist skulle komma hem. Erik tar av sig sin kavaj innan han sätter sig i bilen, och är lite frustrerad över att behöva sitta och spana när han har annat att göra.

Emma försökte på alla sätt att få han lite lugnare för det kunde ta en stund som de skulle behöva sitta i bilen tillsammans, och hon ville ha lite lugn och ro. Erik plockade upp kameran och la den på instrumentbrädan för att ha den tillgänglig om de skulle få syn på Oskar. Timmarna gick och de hade inte sett några tecken på att Oskar skulle komma till det gamla rucklet. Regnet började falla och utsikten från bilen var inte den bästa, men det var bara att försöka göra sitt jobb och kolla ut mellan dropparna. Efter att ha suttit i bilen en längre tid, tittar Emma på klockan och ser att det var endast en halv timme kvar tills de skulle bli avlösta från passet, när Emma plötsligt ser Oskar komma.

-Nu kommer han, sa Emma.

Erik reagerade inte så hon vänder sitt huvud mot honom och ser att han sitter och sover. Inte konstigt att han hade varit så tyst den senaste tiden i bilen men det tyckte hon bara var skönt och få slippa hans gnälliga röst för ett tag.

Hon ruskade honom lite lätt och frågade ifall han hade betalt för att sova på jobbet? Han vaknade till och fattade inte riktigt vart han var för tillfället. När han hade fått upp ögonen och kommit in i verkligheten tittade han på Emma och frågade,

-Vad vill du? frågade han lite nyvaket.

Oskar kommer hem nu sa hon med en barsk ton.

Hon tog fram kameran som de hade med sig för att dokumentera och började ta bilder på Oskar. Under tiden hon fotograferar Oskar så ser hon att han har två vänner med sig, som kommer bakom honom. Det var två stora muskellösa karlar som inte såg så oskyldiga ut, hon kunde se när de gick upp för trappan att de hade pistolliknande som fanns i bakbyxornas linning. Hon ropade in till centralen att de ville ha fler bilar som kom då de kände att det behövde vara mer än två poliser som försökte gripa dessa personer. Erik och Emma satt i bilen och väntade in förstärkningen men de var så sugna på att gå in och ta fast dem.

Plötsligt ser hon hur de två muskellösa personerna kommer ut ur huset med varsin stor fylld svart bag. Emma kunde inte vänta på att förstärkningen skulle komma hon ville ta dem på en gång. Hon öppnar bildörren och stiger ur bilen med pistolen i sina händer och ropar,

-Stopp det är från polisen!

När hon har påtalat att de kommer ifrån polisen börjar hon sedan gå mot dem. Erik kliver ur bilen förbannad över att hon inte kunde vänta på förstärkning, då det här kunde gå riktigt illa. Han rusar ut ur bilen och springer mot Emma och tillsammans går de mot männen. Den ena mannen gjorde mycket motstånd för det sista han ville var att bli tagen av polisen och åka in i fängelset. Han tar snabbt upp sin pistol som han hade bak i byxlinningen och började skjuta mot Emma och Erik.

Emma och Erik sprang tillbaka mot sin bil för att ta skydd mot kulorna som ven omkring dem. När de kom bakom bilen satte de sig på huk för att ta skydd, de tittade på varandra och nickade mot varandra. De behövde inte säga något till varandra, de hade jobbat ihop så länge så de räckte med en nickning för att den andra skulle veta vad som gällde.

De reste sig försiktigt upp med sina pistoler i sina händer, regnet öste ner och sikten var för dålig för dem för att kunna skjuta. De ropar att de är från polisen ett flertal gånger men männen fortsätter att skjuta mot dem. Emma lyckas skjuta en av männen i benet så han faller ner till marken skrikandes som ett litet barn, nu var han plötsligt inte så kaxig längre. Oskar och den andra mannen lyckas hoppa in i en liten blå Volvo och kör därifrån. Oskar försöker skjuta mot bilens däck för att de inte skall kunna köra vidare men missar hela tiden så männen lyckas köra därifrån.

Fan! Ropar Erik högt, och säger till Emma att hoppa in i bilen för de måste komma i kapp bilen.

Emma slänger sig in i bilen då Erik har startat bilen och vill köra därifrån fort som bara den. I full hastighet slira de ut på vägen och kör gasen i botten för att komma ifatt. Emma ropar in på komradion att en man är skjuten i benet och ligger på platsen som vi angav. Vi kör efter den andra mannen som lämnade platsen, sen blev det tyst i någon sekund. Erik körde som en galning och lyckades olämpligt nog köra på något, det hördes en högljudd smäll när den oidentifierade saken föll till marken.

Emma blev rädd för att han skulle kört på en människa, hon vänder sig sakta för att se vad det var som Erik hade kört på. Det var en soptunna som han hade kört på, nu kunde hon andas ut för ett litet tag i alla fall. Hon fortsatte att berätta på komradion att de följde efter en blå liten Volvo men kan inte se bilens nummerplåt men vi är på väg25 och behöver förstärkning, nu!

Erik är fast besluten om att han skall hinna ifatt bilen på alla sätt och har i och med det svårt att koncentrera sig på alla bilister som finns runt om honom. Han ser bara den blå lilla Volvon framför sig och han skall ifatt honom till vilket pris som helst. Han lägger inte märke till hur fort han själv kör eller hur vida bilisterna runt om honom tutar på honom då de tycker han kör som en galning. Emma blir nervös över hur fort han kör men plötsligt kunde de se bakdelen av den blå Volvon som kör långt därframme mellan alla bilar för att komma undan.

Erik får en adrenalinkick och gasa på ännu mer, Emma börjar bli lite smått orolig och känner så att hon har bältet på sig i ren panik. Hon ser hur fokuserad han är på att komma ifatt bilen och ber han ett flertal gånger att sakta ner då det är väldigt mycket trafik på vägen. Erik vill inte lyssna på vad hon säger utan ber henne bara att vara tyst så han kan lägga fokus på sitt körande.

De kör mellan bilarna som ligger och kör i filerna, en del bilar var på väg på semester. Man kunde se hur det var packning både i bilarna och på taken.

Plötsligt så saktar Erik in bilen och ropar till Emma,

-Kolla de har kört av vägen och voltat med bilen.

Emma tittar framåt och ser hur bilen ligger upp och ner en bit längre ner från vägen. Erik stannade bilen och knäppte upp bältet och steg ur. Han gick mot den voltade bilen, skulle de vara kvar? Skulle de ha överlevt kraschen?

Emma hör polissirenerna komma och förstår att förstärkningen börjar närma sig, de var nu inte ensamma. Deras kollegor var nu här vilket kändes lite lugnare för dem. Sakta går de mot bilen, Emma håller hårt i sin pistol i händerna framför sig och går i den blöta marken. När de kom fram till bilen hörde de en man som låg och skrek av smärta.

De tittade in genom förarsidan och ser att Oskar sitter fastklämd i bilen. Blodet rinner ner i ansiktet från ett sår i huvudet, armen är bruten och hänger i en konstig ställning.

-Hjälp mig, hjälp mig att ta mig ur bilen skrek Oskar förtvivlat.

Erik böjer sig ner och tittar in i bilen och ser att två av brottslingarna inte överlevde bilkraschen. Han ser att Oskar inte är kapabel till att göra något motstånd så Erik lägger tillbaka sin pistol i hölstret och ber Emma kontakta ambulansen.

Bilisterna börjar stanna och en del personer går ur sina bilar för att gå fram och titta, de var inte intresserade utav att hjälpa till utan de var bara nyfikna på vad som händer. De tar upp sina mobiltelefoner och börjar filma händelsen. Emma ser hur många mobiltelefoner som har kommit upp ur människornas fickor och väskor för att börja filma. Hon går mot folkmassan och ber människorna som har samlats att backa och lägga ner sin mobiltelefon men får inget gehör.

Hon ber dem en gång till att backa och sluta filma. Människorna som hade samlats började sakta backa, en polisbil hade nu kommit fram till platsen och två poliser stiger ur bilen. Emma ropar till dem att de skall ta hand om människorna som har samlats. De två poliserna går mot folksamlingen med armarna utåt och ber de att backa.

Erik försöker få loss Oskar ur bilen, för han behövdes levande då han ville ha svar på Lisas mord. Oskar sitter ordentligt fastklämd och Erik börjar bli förtvivlad för han måste få ut honom.

I ren desperation så börjar Erik förhöra Oskar i bilen för att få så mycket information som möjligt för om han inte kommer klara sig så skulle han inte dö med all information.

-Varför våldtog och ströp du Lisa skrek Erik.

Oskar skrek av smärta och kunde inte få fram ett ord. Erik tar ett hårt tag om Oskars jacka och drar den framåt så att han endast är ett par centimeter ifrån Eriks ansikte.

-Jag ställde dig en fråga och nu ska du svara på den, varför mördade du Lisa!

Oskar försökte få kontroll över sin smärta, och lyckades få fram att han inte visste vad Erik pratade om så tyst att Erik knappt inte hörde vad han sa.

-Inte? skrek Erik och tog tag i hans brutna arm, så du vet inte Oskar? sa han och tittade han i ögonen och sedan mot hans brutna arm som han höll fast vid och Oskar förstod att han skulle kunna vrida om den.

-Jag lovar, jag vet ingenting om vad du pratar om svarade Oskar.

Ambulansen hade nu anlänt och två ambulanssjuksköterskor sprang mot dem och brandkåren var även på plats.

Emma gick fram till Erik och sa till honom på skarpen att ambulansen var här så han skulle förstå att det inte var ensamma så han behövde verkligen skärpa till sig. Erik släppte hans jacka och berättade att han kommer söka upp honom på sjukhuset och förhöra honom där för han kommer inte komma undan.

Erik backade och lät ambulanssjukvårdarna göra sitt jobb tillsammans med brandkåren som skulle hjälpa till att få loss Oskar och hans vänner ur bilen.

Erik och Emma gick tillbaka mot deras bil och sa inte ord till varandra. När de öppnade bilen och satte sig och stängde bildörrarna brast det för Emma.

-Vad i hela fridens namn håller du på med? Du kör som en idiot och sen när vi kommer fram till bilen där Oskar sitter börjar du hota honom och håller fast honom i hans jacka och hotar att vrida hans brutna arm, vad tänker du på, skrek Emma.

Erik tittade på Emma med ett argt ansikte och sa till henne,

-Du har ingen jävla befogenhet att säga till mig hur jag ska sköta mitt jobb som polis, samt så har jag varit polis mycket längre än vad du har varit sa han.

Emma insåg att det är ingen idé att diskutera med honom för det går inte in något annat än att han är en fantastisk polis och det skulle hon absolut inte säga till honom inte idag i alla fall. Bilresan tillbaka mot polishuset blev väldigt dyster, ingen av dem sa någonting utan de satt bara där och tittade ut på vägen.

De svängde in mot polishuset och parkerade på baksidan bland de andra polisbilarna och gick upp mot kontoret. När de kom innan för den gröna dörren som ledde in till kontoret möttes de av Max Låglund som ville träffas i konferensrummet på en gång. De gick in i konferensrummet och tog av sig sina jackor och hängde upp de på sina stolar och satte sig ner, Emma och Erik tittade inte på varandra. Max kom in och stängde dörren och satte sig ner på stolen längst ner vid bordets ena kant för att kunna se dem båda i ansiktet när han pratade med dem.

-Emma varsågod och börja att berätta vad som har hänt, sa Max med en bestämmande röst.

Emma tittar lite snabbt på Erik men blir direkt tillsagd utav Max att hon skall titta på honom när hon pratar med han, inte Erik! Emma tog ett djupt andetag och tänkte för sig själv jag kan inte säga något om hur Erik har varit under denna tiden för då kommer jag få ett helsike nästa gång hon skulle ut och jobba i fält med honom, och dessutom skulle Max inte se positivt på om hon skvallrade på hur en kollega hade betett sig.

-Ja svarade hon vi satt och hade bevakning på Oskars hus när det plötsligt dök upp två män som vi sedan såg var beväpnade och efter kom Oskar de gick in i huset och efter en liten stund så kom de ut med varsin stor fylld svart bag, vi bestämde oss där och då efter att vi hade begärt förstärkning att vi var tvungna att gå in för att vi inte skulle missa dem. Skott avlossades och de körde iväg i en liten blå bil och vi följde efter. Erik körde säkert och hade full koll på de andra trafikanterna så att ingen annan skulle komma till skada.

Efter att vi hade följt efter bilen ett tag så kom vi fram till den när den   hade kört av vägen och voltat runt. Erik och jag såg att de två män hade avlidit på plats av följden av olyckan medans Oskar fortfarande levde. Jag och Erik bestämde oss för att fråga honom om mordet på Lisa ifall han inte skulle klara sig, då vi inte ville missa ett tillfälle att få information. Men Oskar hade ingen vetskap om vad det var som vi pratade om.

Erik försökte hjälpa Oskar att komma i en sådan bra ställning som möjligt med hans brutna arm och han var mer skadad än vad vi kunde se med blotta ögat tills ambulansen kom.

-Jaha, svarade Max lite kaxigt, var det vad som hände Erik? Sa han och tittade på Erik.

Emma kunde inte förstå varför han inte trodde på henne, nu började hon bli lite orolig för vad Erik skulle säga. Skulle han hålla med henne eller skulle han säga sanningen om hur han hade betett sig och ta konsekvenserna för det?

Erik tittade på kommissarie Max och sa,

-Ja allt stämmer och jag bekräftar allt som Emma har sagt och det finns verken något att tillägga eller dementera.

-Bra jobbat av er båda två. Jag vill att ni tar er ner sjukhuset för att se om ni kan få ett förhör med Oskar Lindkvist.

Sen reste han på sig och tog sin dator i handen och gick ur konferensrummet och stängde dörren.

-Tack för att du ställde upp för mig inför Kommissarien, det var riktigt schysst och jag betraktar dig nu som en kollega sa Erik lite försynt till Emma.

Emma tittade på honom med ett väldigt besviket ansikte men spände sina havsblå ögon i honom och sa,

-Jag räddar inte ditt skinn en gång till, så du får tänka över ditt beteende. Nästa gång du gör något som går emot vad reglementet säger kommer jag säga ifrån till kommissarien på en gång, det skall du ha väldigt klart för dig.

Sedan reste hon sig upp från stolen och tog på sig sin jacka och gick mot dörren, när hon kom fram till dörren vände hon sig om mot Erik och frågade om han skulle med eller inte.

-Ja jag kommer svarade han lite förvånat och tog sin jacka och slängde den över axeln och följde med Emma till bilen.

Erik var inte beredd på att hon skulle hjälpa honom i denna situation och blev förvånad över hur hon hjälpte honom, det kanske var dags för honom att skärpa till sig och vara en bra polis och kollega mot henne.

I bilen på väg mot sjukhuset sa de ingenting till varandra för vad de än sa till varandra så skulle det bli fel och det var inte läge att förstöra det som de kanske hade byggts upp. De kom fram till sjukhuset och gick in på akuten där Emma visade upp sin polisbricka för sjuksköterskan som satt vid receptionen.

-Mitt namn är Emma och pekade sedan på Erik och sa att det var hennes kollega. Ni har fått in en man vid namn Oskar Liljekvist här som hade varit med om bilolycka, vart kan vi finna honom?

Sjuksköterskan som satt i reception sa att de skulle vänta här så skulle hon hämta hans läkare. Hon reste sig upp och gick in bakom en dörr som fanns vid receptionen och Emma kunde se genom ett fönster som vätte ut mot deras kontor att hon pratade med en man i 40 års åldern som hade en vit rock på sig och som tittade ut mot dem. Efter några minuter så kommer han ut genom dörren och gick mot dem och presentera sig som läkaren Anders Karlsson och det är jag som har tagit hand om Oskar Lindkvist, följ med mig här så går vi in i ett rum där vi kan prata ostört.

De följde efter läkaren och gick in i ett litet samtalsrum där de satte sig ner. Läkaren Anders berättade att Oskar hade haft änglavakt efter en sådan bilolycka och endast brutit armen och fått skador i ansiktet efter en smäll mot ratten och hans knä hade på något sätt blivit klämt. Erik undrade om de kunde träffa honom nu för att han var en misstänkt person angående mordet på åklagare Lisa.

Anders blev lite förvånad över att han var misstänkt för mord men förstod att det var någonting som inte stämde när det stod poliser utanför akutrummet hela tiden när de undersökte honom. Anders förklarade att det var helt okej att de gick in, men han började undra om det var säkert för hans andra patienter och kollegor när Oskar var här.

Erik bedyrade att de kunde vara lugna angående det, för det fanns ju poliser utanför hans rum hela tiden, så vad skulle kunna hända er då? -Nej det har du rätt i sa Anders med en liten rädd späd röst. Jag ska visa er vägen sa han och gick ut ur rummet och visade dom vägen till 18c.

-Tack för hjälpen, nu klarar vi oss själva här sa Erik.

Erik hälsade på poliserna som stod utanför dörren och ville ha en rapport om det hade hänt någonting, men det hade varit lugnt och ingen hade varit här. Erik öppnade den vita dörren och ser att Oskar ligger i sängen med en slang som går in i hans hand.

-Hej Oskar, känner du igen oss? Undrade Erik.

Oskar ville inte titta på dem, utan vände bort sitt huvud. Jag förstår att du inte vill titta på oss för du skäms väl över att ha förlorat så här mycket som du har gjort nu, sa Erik medans han satte sig vid Oskars sida så han kunde se på dem. Jag skiter fullständigt i vad du har gjort innan och dina små brott, det jag är ute efter är att sätta dit dig för mordet på åklagare Lisa. Henne som du ströp och våldtog i skogen en bit utanför hennes hem.

Oskar vände sitt huvud som var svullet på kinderna och blod som hade runnit ner i ansiktet och torkat in efter såret i huvudet.

-Jag har inte våldtagit eller mördat någon Lisa sa han med en bestämd röst. Jag vet inte varför ni är ute efter mig när jag inte har gjort någonting, sa Oskar.

-Något har du ju gjort, annars skjuter man inte mot polisen eller försöker fly från dem, sa Erik. Så berätta vad gjorde du i onsdags morgon, och på förmiddag!

-Jag är oskyldig! jag har inte gjort något sa Oskar om och om igen. Jag vet inte vad jag gjorde i onsdags, skrek han till.

Plötsligt kommer Sjuksköterskan som stod utanför in då hon hörde att han skrek och frågade vad som hade hänt. Erik berättade att inget hade hänt, Oskar talade om att han hade smärta och ville ha mer morfin.

Sjuksköterskan bad Erik och Emma att de skulle lämna rummet för det räckte nu. Hon var tvungen att tänka på sina patienters bästa.

-Vet du att han är en våldtäcksman bland annat röt Erik till.

-Det spelar mig ingen roll, för han skall ha den vård som han behöver och nu bedömer jag att han har för ont och kan inte bli förhörd mer och jag ber er vänligt men bestämt att ni lämnar rummet. Sa sjuksköterskan.

Emma tog Erik på axeln och ledde ut han ur rummet.

-Fan, ropade Erik en sådan man skall inte få så bra omvårdnad för det är han inte värd!

Emma försökte lugna ner honom och bad poliserna som stod utanför att ha fortsatt koll och rapportera in om det hände det minsta lilla eller om något avvek från det normala. Sen gick de vidare och ut mot bilen. Där Emma försökte lugna ner Erik som var förbannad över hur bra de behandlade Oskar där inne när han är en stor skitstövel som har gjort så många brott.

Samtidigt på polishuset så kände Max en stor frustration över att det var något som inte stämde med hela fallet. Han går till clevertouchen där all information är uppsatt om fallet och tittar på bilden Lisa som ligger där mördad en liten bort från hennes egna bostad. En person som hon jobbar med får inte tag på henne efter att hon inte hade dykt upp i tingsrätten och åker hem för att se efter vad som hade hänt och möts av hennes hund som visar vägen mot Lisa.

Sedan får vi veta att ett vittne i området har sett en man med en tatuering på halsen som är likadan som en känd förbrytare har och som nu ligger på sjukhuset och som säger sig inte veta något om Lisa.

Max förstår att det är något som de har missat men vad är det för något? och hur skulle han göra för att få en klarhet i allt? Detta fall var viktigt för honom, inte bara för att det var en högt uppsatt person som hade blivit mördad utan också för att han tittar på bilderna på Lisa och den misstänkta mannen och på Domare Stefan och Jonas. Något stämde inte, och hur skulle han få klarhet i det då. Han satte sig ner på den lilla träpallen som fanns vid tavlan och stirrade sig nästan blind på tavlan medans han snurrade lite på sitt skägg.

Emma och Erik kommer in på kontoret och ser att Max sitter där och stirra på tavlan. De knackar på dörren och kliver sedan in, Max vänder sig om och frågar,

-Vilka nyheter har ni att komma med från förhöret på Oskar?

De meddelar att de tyvärr inte fick så mycket information då han inte visste vad de pratade om. Sjuksköterskan kom sedan in och ville att vi skulle avbryta förhöret då han inte mådde bra, de tog oss inte på allvar när vi var där, sa Emma.

Även fast de hade fått in olika informationer så stod de på ruta ett igen. Det började ringa i Max telefon som låg på bordet och han svarade lite kaxigt,

-Ja det är Max!

Emma ser på honom att han blir besviken och att det nu hade hänt något. Tack svarade Max och tryckte av samtalet. Han tittade på Emma och Erik och berättade att det nu hade skett ett nytt mord med nästan identiska tillvägagångsätt som Lisas mord. Ni åker med mig sa han till dem och reste sig upp och gick mot sitt kontor för att hämta sin kavaj. Emma och Erik väntade in honom och gick sedan mot bilen.

I bilen började Max diskutera med kollegorna om hur vida det kunde handla om en seriemördare som hade börjat hägra i det lilla samhället. Emma tittade på honom och sa att det stämde nog, men hur skulle de kunna få tag i honom? Och skulle media nu skapa kaos i samhället om de fick nyss om att det var en seriemördare? De saktar in bilen när de börjar närma sig polisens avspärrningar lite längre fram. Erik tittar sig omkring och upptäcker till sin förvåning att det var i samma skogsdunge som Lisa blev mördad men på andra sidan.

De öppnar bildörrarna och kliver ur och går mot brottsplatsen. Polisen som stod där vaktar avspärrningen stannar dem och frågade vilka dem var. Kommissarie Max tog fram sin polisbricka och visade den för polisen. Han tittade på den och lyfte sedan upp den vitblå tejpen som de hade som avspärrning och lät de alla tre komma in.

Max försöker gå över kvistar och grenar och stenar i sina svarta finskor som han alltid har på sig på jobbet, han hade inte lärt sig att hans jobb innebar även att komma ut i verkligheten och få jobba. Men med många tunga steg och med andan i halsen, så får han syn på ett lik ligga en liten bit bort.

Han går fram de sista stegen och ser till sin förtvivlan att det är en kvinna i 30 årsåldern som ligger där mördad. Åh nej tänker Max, det får bara inte hända att en kvinna till mördas under mitt ledarskap.

Max ser att rättsläkaren sitter på knä och rör vid liket för att göra en snabb bedömning av mordet.

-Vad har vi här? frågade Max lite förtvivlat.

Linda reste sig upp och berättade att kvinnan har legat död i fyra timmar och har blivit strypt. Med tanke på hur hennes kläder är sönderslitna och ligger i olika högar så förmodar jag att hon har blivit våldtagen. Max torkade svetten från sin panna och förstod nu att det var nog en seriemördare som härjade i området, och vad hade de här två kvinnorna för samhörighet? Och hur skulle de kunna ta reda på det?

Erik tittar ner på den mördade kvinna som låg där, jag känner igen henne sa Erik och så såg fundersam ut.

Han går fram några steg till för att få en bättre bild av kvinnan och till sin förvåning kommer han på vem kvinnan är.

-Det är Lisas sekreterare! Skrek Erik.

Emma går fram för att bekräfta vad Erik hade sagt och hon kunde konstatera att det var Lisas sekreterare.

-Vad gjorde hon här ute? Och varför befann hon sig i samma område som Lisa? undrade Emma.

Max vänder sig om mot Erik och Emma och berättar att han vill att de två skulle ta hand om massmedia och avstyra en hysterisk situation bland samhällets människor, jag vill att alla skall kunna känna sig säkra i området och speciellt kvinnorna. Jag vill även att ni ser till att en polispatrull lägger in en körning i Hovshaga området varannan timme. Våra polisbilar ska synas i området när läget är som det är.

Max säger till Erik och Emma att de ska lämna platsen och åka tillbaka till kontoret. Men när de börjar gå mot bilen hör de plötsligt att rättsläkaren Linda ropar, Max!

Max stannar upp, och vänder sig om och tittar på Linda och svarar lite irriterat, ja! Mördaren har även urinerat på den här kvinnan, så jag är ganska övertygad om att det är samma gärningsman.

Fan! Skriker Max till, och vänder sig om mot Emma och Erik som stod där som två frågetecken. Nu är det bråttom tillbaka in på kontoret och ha samling med de andra i arbetslaget för nu är jag trött på att hela tiden ligga flera steg bakom mördaren, nu vill jag få fatt i honom. De hoppade in i bilen med en frustration över vad som nyss hade hänt, tystnaden var total under hela bilfärden.

Lite senare när mörkret hade börjat skymma ute, gick poliserna in i konferensrummet och satte sig vid bordet och la ifrån sig sina laptops för att lyssna på vad Max hade att säga. Max stod vid bordets långsida och talade om vad som behövdes göras, det var någon som skulle kolla upp kvinnans liv, om hon hade någon fiende eller hade blivit hotad. Någon skulle kolla hennes telefonlista och någon skulle kolla vad de där två kvinnorna hade gemensamt.

Mitt i genomgången som Max höll i, knackar det plötsligt på dörren. Kaxigt öppnar Max dörren och säger, det var själve den och ska precis fortsätta sin mening som inte var den finaste när han ser att det är Linda, rättsläkaren som står där. Poliserna började skratta lite åt hur Max betedde sig mot henne, det var på tiden att han fick skämmas lite.

Linda undrade om det var okej att hon gjorde de sällskap för hon kunde nu ge en fullständig rapport över fallet med den mördade kvinnan.

Generad som Max nu var, så lät han henne komma in och talade om för henne att de alltid hade tid för henne och att hon alltid var välkommen hit. Han drog ut en stol till henne och hon tackade så ödmjukast. Hon slog sig ner och la sin mapp om obduktionen på bordet och började berätta att hon nu hade obducerat färdigt kvinnan.

-Jo sa hon, jag har nu obducerat kvinnan som blev mördad i skogen. Det var i samma skog som vi fann Lisas kropp i. Denna kvinnan har blivit strypt och även våldtagen, precis som Lisa. Mördaren hade även urinerat på denna kvinna. Men det är något som inte stämde överens med Lisas kropp. Max tittar på henne med förväntansfulla ögon och börjar nu tvinna sitt skägg en aning, vad är det frågade han.

-Jo svarade rättsläkaren, denna kvinnan har fått sin vagina avskuren!

Max tittar på henne, hörde han rätt? Har hon även fått sin vagina avskuren? Vad är det du säger?

Rättsläkaren tittar på honom och säger att han hörde rätt.

-Kvinnan som ligger i bårhuset har fått hela sin vagina avskuren och man hittade den istoppad i hennes mun. Så om det var ett budskap det kan jag inte svara på, men något konstigt är det över det hela.

Med en besvikelse över att det verkligen var en seriemördare som härjade, bad han Emma att kolla hur vida sekreteraren och Lisa hade kontakt. Kunde det röra sig om ett fall som Lisa hade? Eller vad var det som de två var involverade i? För inte kunde de väl vara en slump?

Erik och Emma kommer in på sjukhuset för att besöka Oskar Liljekvist och se om de kan få någon mer information om åklagare Lisa. När de kom upp på avdelningen där Oskar ligger, möts de av tre män iklädda svarta skinnjackor, svarta kängor och håret var bakåtslickat av vax. Männen tittar på dem och Emma får en konstig känsla över att det inte är något som stämmer, de går förbi Emma och Erik. Men när de precis hade gått förbi deras sida vänder Emma på huvudet för att se dem lite mer. En av männen vänder på sitt huvud och tittar henne i ögonen och flirtar med henne. Det gick en kall kår genom hennes kropp och han skakade på kroppen lite och rös.

De öppnar lite försiktigt den vita dörren som leder in till Oskar Liljekvist, och ser att sängen är tom. De öppnar upp dörren helt och ser att det fanns ingen i rummet, de går in på toaletten som finns på rummet för att se om han var där, men det var tomt även där!

De rusade ut och skrikandes,

-Vart är Oliver! Skrek Erik.

En sjuksköterska kom fram till dem och frågade vad det var som hade hänt, och varför de skrek!

-Vart är patienten som låg i det rummet och pekade mot hans rum, och vart är polisen som skall finnas utanför hans rum? frågade Erik.

-Jag vet inte, han har inte blivit utskriven i alla fall. Polisen som satt här utanför meddelade att han behövde lämna posten i tio minuter och bad oss hålla koll på rummet, och vi har inte lagt märke till några konstigheter svarade sjuksköterskan.

Varför hade ingen sett honom? Och hur skulle de nu hitta honom?

Plötsligt hörs Emma skrika, Fan! Han var ju en av de männen som vi mötte i korridoren på väg hit. De sprang mot hissen och tryckte och tryckte på knappen för att få dit hissen snabbare. De kunde se på skärmen som fanns ovanför hissen att den var fyra våningar ner och de kände att de inte skulle hinna vänta på att hissen skulle komma till deras våning.

-Vi måste ta trapporna skrek Erik.

De rusade mot skylten som visade att det var innanför denna dörren som trapporna fanns. De öppnade dörren och började springa ner i stentrapporna som kanske skulle leda till att de kom ifatt Oskar.

-Spring fortare, skrek Emma på Erik.

-Jag springer så fort jag bara kan, svarade Erik.

När de kommit en bra bit ner på vägen ser de bokstaven E på väggen, nu är vi nere. De sliter upp den svarta dörren som leder till entréplanen och springer ut bland människorna som är på väg åt olika håll. Många av dem ryker till för att de blir skrämda av hur de bara stormar in.

De tittar åt alla håll och kanter och får till deras förskräckelse, syn på att de är utanför och på väg att sätta sig i bilen för att köra iväg. De börjar springa mot den stora entrén men människorna som är på väg in motar dem av en slump, Emma och Erik börjar skrika på dem att flytta sig då de behöver komma förbi snabbt.

Männen utanför hör att folk skriker inne i entrén och försöker ta sig upp från golvet efter att de hade blivit knuffade till marken av Emma och Erik när de sprang mot utgången. Panik hade nu utbrutits i entrén. Männen tittar in mot entrén och ser att Erik är efter dem, männen får panik och slänger sig in i bilen och Oskar skriker till sin kumpan.

-kör! Kör! Polisen är efter oss!

En av Oskars kumpaner rivstartar och försöker ta sig därifrån så fort som möjligt. Men de märker att Oskar knappt har hunnit sätta sig i bilen, så de slänger in han i baksätet och stänger dörren medans de körde iväg. Erik skyndar sig så fort han bara kan men kommer precis ut så han ser bakdelen av bilen.

Han dra upp sin pistol ur sitt hölster och försöker sikta mot bilens däck för att få stop på bilen. Men när han står med sin pistol i handen går det så mycket människor förbi honom för att gå in till sjukhuset, så hans sikt är inte det bästa och dessutom kan han inte sikta mot bilen utan att någon annan skulle komma till skada.

-Fan, skrek Erik och sparkar på en soptunna som står en liten bit från hans fötter. Den faller och delar av skräpet som var där i faller ut och soptunnan rullar iväg ner för backen.

Emma kommer äntligen ut till Erik med andan i halsen.

-Vart har du varit frågade Erik med en arg ton.

-Jag var tvungen att ta hand om den gamla kvinnan som föll så illa där inne när du sprang ut, märkte du inte av henne? frågade hon försiktigt.

-Asch, de är ändå på det bästa stället för skador så det hade väl inte gjort något om du lät henne ligga kvar, och hjälpte mig istället? Jag fick delar av registreringsskylten Ö 555 så nu kan vi lysa bilen. Hoppa in i bilen så kör vi mot jobbet och pratar med Mona som är dataexpert och ber henne hjälpa till, sa Erik.

När de kommer fram till polishuset så går de till plan två, där Mona ska sitta och arbeta. Den avdelningen går man inte in på i onödan för där sitter alla poliser med datakunskaper som få har och de är alltid upptagna. Men Mona var en kvinnlig polis som hade ett hjärta av guld och ville alltid hjälpa de poliserna som arbetade med mord.

Mona var en polis med en kunskap om datorer som få hade. Många poliser ville ha hennes expertis så det var svårt att få tag på henne, så det var lika bra att de gick till hennes kontor för att vara säkra på att få hjälp. De letar fram hennes rum och knackar på ordentligt.

-Kom in hör man Mona ropar innanför.

De öppnar dörren och stiger in,

-Hej Mona kan du hjälpa oss? Undrar Erik.

-Ja visst kom in och sätt er, hur kan jag hjälpa er? frågade Mona.

-Vi vill få fatt i ett registreringsnummer men tyvärr så har vi inte hela utan delar av det och med din datakunskap hoppas vi att du kan fixa det som felar och att vi får rätt i bilen. Det som vi har av registreringsnumret är följande, Ö 555 sa Erik.

-Ni får ge mig en dag eller två så skall jag ge er fullständigt registreringsnummer, sa Mona.

Erik och Emma tackade för hjälpen och reste sig sedan upp ur stolarna och tog i hand och tackade henne för att hon ställde upp på att hjälpa dem.

-Ingen fara, vi är ju alla kollegor svarade hon. Emmas mobiltelefon började ringa i hennes byxficka, hon tog upp mobilen och ser att det var Max.

-Ja hallå, det var Emma.

-Hej Emma, det är Max! Glöm inte att vi ska träna idag klockan fem, vi syns utanför gymmet. Ha det bra så länge.

Sedan la han på luren och Emma stod kvar som ett fån och tittade på sin mobil. Var det en order han gav mig? ja jag får väl gå dit och möta upp honom och träna ett pass. Erik blev nyfiken på vem som ringde henne och vilken information hon fick då hon blev så överraskad över samtalet.

- Vem var det du fick samtal ifrån? En gammal kärlek eller? Säger Erik lite nedlåtande till henne.

-Nej, det var chefen som ringde och sa att jag var tvungen att köra ett träningspass med honom klockan fem. Jag vet inte varför jag ska hålla på att träna med honom hela tiden. Det är väl ett straff som jag får uthärda, men hur länge?

-Ja, jag är bara glad så länge han inte är på mig. Så träna du med honom inga problem, svarade Erik.

Emma känner att hon inte har något annat val än att gå och träna med honom. Det hon inte visste var att Max kände att hon var en person som han kunde lita på och att han ville vara hennes vän men hur skulle han kunna säga det på ett sådant sätt så det inte skulle bli fel i gruppen.

Mörkret började falla och på Emmas skrivbord var det fullt av mappar med oklara fall som låg på högar, de hade hon hade fått på sitt bord av sina kollegor som inte kunde lösa sina egna fall. Hon visste inte vilken hög hon skulle börja i, men nu var fallet Lisa prioriterat. Hon sneglar på klockan och ser att det var nu dags att avsluta arbetet för dagen då Max står säkert och väntar på henne utanför gymmet.

Hon släcker sin bordslampa och stänger av sin dator och tar sin jacka och tränings väska som nu för tiden behöver ha på jobbet varje dag och lämnar sedan sitt kontor. På vägen ut ser hon att

Max inte fanns på sitt kontor, nej tänkte hon nu kommer han bli irriterad på mig när vi möts upp. Men det får bära eller brista jag var ju i alla fall på jobbet.

Emma tog sin cykel och cyklade till gymmet, väl framme såg hon Max som stod och tittade på klockan och undrade vart hon var. När han fick se henne komma cyklandes sken han upp och vinkade glatt. Emma kisar med ögonen, för inte kunde det väl vara Max som var så glad och vinkar? Hon fortsätter att kisa med ögonen medans hon cyklar närmare honom. Till sin förvåning så var det Max som vinkade så glatt. Framme vid gymmet hoppar hon av sin cykel och möts av att Max frågar henne,

-Kunde du inte slita dig från jobbet?

-Nej, jag satt fast med fallet, svarade Emma.

-Nu har vi slutat arbeta så nu släpper vi det, svarade Max med ett leende på läpparna.

Emma tar av sig sin hjälm och låser fast sin cykel i ett staket som var i närheten och gick in på gymmet för att byta om och sedan träna en timme tillsammans med honom. Efter ett långt träningspass på motionscykeln och sedan styrketräning var de rätt möra i kroppen och varje muskel i kroppen var öm. De möttes utanför gymmet och Max var fortfarande lika pigg och hade ett leende på läpparna som när de träffades.

-Tack för ett trevligt träningspass, sa Max.

-Tack själv, nu är man öm i kroppen. svarade Emma.

-Ja, men det är en skön känsla. Jag har sallad färdig hemma och en flaska vitt vin på kylning, har du lust att följa med hem till mig? Frågade Max lite genant.

-Ja visst, svarade Emma direkt utan att tänka på vad hon egentligen tackade ja till.

-Lås upp din cykel, så går vi åt detta hållet sa Max.

De gick där längs cykelvägen på väg hem till Max, pratandes om livet.

-Här bor jag, sa Max och visade upp sitt hus.

Emma ställde sin cykel och låste fast den i gatlyktan som fanns intill

Garageinfarten, och gick mot dörren där Max stod och hade låst upp dörren och väntade på henne.

-Välkommen in i min enkla lya, sa Max stolt och lät henne gå in i huset först. Emma gick in i huset och gjorde en husesyn, kunde hon få sig en bild av hur hennes chef är privat genom och kolla runt i hans hus?

-Här bor du ju bra, sa Emma.

-Ja, jag är nöjd med huset. Sen kanske man skulle få i ordning lite mer, men det kommer väl med tiden svarade Max.

Emma kunde inte annat än att hålla med om vad han sa, men det vågade hon inte såga. För nu var ju Max glad och hon var livrädd att säga eller göra något fel för att ändra hans humor. De satte sig vid köksbordet och Max plockade fram salladen som han hade gjort färdig innan träningen, och satte den på bordet. Han dukade fram två tallrikar och bestick och ställde det fint på bordet. Max tog fram en flaska vin som han hade haft på kylning och korkade upp den, och hällde upp ett glas vin var till dem i de nya vinglasen som han hade köpt på Åhlens tidigare i veckan.

-Det är ju inte ofta vi träffas och pratar utan att det handlar om ett fall, så berätta lite om dig själv. Varför valde du att bli polis? Frågade Max.

Emma lyfte sitt glas med vin och smakade av det.

-Det var ett gott vin, det måsta vara Riesling vin sa Emma och smuttade lite till på vinet. Emma tittade på Max och berättade att hon levde ensam och inte hade några barn, men hon hade en katt som var som hennes eget barn. Jag ville bli polis redan som liten, då min pappa är polis och som liten fick jag alltid följa med honom till jobbet på söndagar en liten timme eller två. Eftersom jag är uppvuxen med en polis i familjen så var det en självklarhet för mig att bli polis som vuxen och kunna försöka få ens hemstad så trygg som den var när man var liten, Säger Emma.

-Vart kommer du ifrån? Frågade Max.

-Jag kommer härifrån Växjö, men jag tycker inte att staden är lika säker och trygg som den var när jag var liten, jag vet att tiderna förändras och samhället därefter men man måste ha en dröm, sa Emma.

Max tittade på henne med glädjande ögon, hon var en fin människa Emma, tänkte Max. De fortsatte att äta sin sallad och dricka sitt vin, och samtalet mellan de två tog aldrig slut. De hade mer gemensamt än vad de trodde och de var två personer med samma intresse.

Timmarna gick och Max och Emma satt fortfarande kvar i köket och talades vid. Max tittade på klockan och såg att den var över midnatt men så här trevlig hade han inte haft på länge så han ville inte att hon skulle titta på klockan för att inse att hon var tvungen att gå hem. Men till sin fasa frågade hon efter att ha sett att Max tittade på sin klocka, vilken tid på dygnet det var.

-Ja Emma, det är mitt i natten, Tiden går fort när man har roligt sa Max.

-Tiden gick väldigt fort, det här får vi göra om igen sa Emma och hoppades på att positivt svar tillbaka från honom.

-Du behöver väl inte gå än, sa Max och tittade på henne med sina mörkbruna ögon.

-Nej jag kan stanna en stund till, jag har ingen brådska hem sa Emma.

Efter att ha suttit på pinnstolarna i köket under ett antal timmar, förflyttade de sig till den ny inköpta soffan för dagen, där samtalet fortsatte att tas vid.

Emma började få ont i kroppen och vaknar till och inser att hon hade somnat i Max soffa. Hon försöker sträcka sig efter sin mobil för att se hur mycket klockan var, kunde hon inte röra sig. Hon försöker öppna sina trötta ögon lite mer för att kunna se, när hon plötsligt ser att Max sover som en stock i soffan. Å nej tänkte hon, jag somnade på hans soffa, hur ser jag ut i håret tänkte hon. Max vaknade till och sa

-God morgon min sköna, sovit gott?

Min sköna, tänkte Emma för sig själv, varför kallar han mig för det?

-God morgon Max, dags att stiga upp och gå till jobbet?

-Nä, vi ligger kvar fem minuter till. Du kommer inte få någon reprimand om du kommer för sent, jag lovar sa Max med ett litet leende på läpparna.

Emma började fundera på hur hon skulle komma till jobbet nu, inga rena kläder, bara gårdagens kläder. Max steg upp ur soffan och gick ut i köket för att sätta på kaffe och göra lite frukost. Emma reste sig upp ur soffan och sträckte på kroppen, det knakade i varje del av hennes kropp efter hur illa hon hade legat i Max soffa.

Hon gick ut i köket och satte sig vid köksbordet där Max hade dukat fram frukost för de två.

-Det var en trevlig kväll vi hade igår, eller vad säger du Emma? Sa Max lite fundersamt.

Emma tittade han i ögonen och svarade,

-Ja det tycker jag, men detta vore bra om vi kunde hålla det för oss själva och inte pratar om det på jobbet bland kollegor. Jag tror att det kan sticka i ögonen på en del personer, speciellt Erik sa Emma.

-Skäms du över att du tillbringade natten hos mig? frågade Max medans han tog fram kaffekanna med nykokt kaffe i och ställde sig tätt intill hennes sida, så nära att han kände hennes kropp vid hans, och hällde upp det nybryggda kaffet till henne.

-Nej verkligen inte, men tycker du själv inte att det är en bra idé? Frågade Emma.

-Jo det kanske är bäst, svarade Max.

Efter frukosten tog Emma på sig sin ytterjacka och tackade för en trevlig kväll och cyklade in till jobbet.

På kontoret satt Erik otåligt och väntade på att Emma skulle komma då de skulle träffa Mona och se ifall hon hade fått något nytt om nummerskylten så de kunde komma vidare på något sätt i fallen. Erik satte sig i den blå soffan i fikarummet med sitt kaffe och väntade in Emma. Dörren öppnades och in kommer en glad Kommissarie Max in och ser att Erik sitter där och dricker kaffe, han stannade upp och hälsade på Erik och frågade om han kunde hämta en kopp kaffe till honom så kunde han få sällskap.

Erik tittade stort med sina ögon och blev förvånad, vad var det med honom tänkte Erik. Erik gick och hämtade en kopp kaffe och satte ner den på glasbordet vid soffan. Max kom och satte sig i soffan och slängde det ena benet över soffkanten.

-Ibland måste man bara släppa taget en liten stund, och se vilken dörr som öppnas med något nytt, sa Max.

Erik tittade på honom och förstod inte alls vad han pratade om, men han höll bara med honom för husfridens skull. Emma kommer in på kontoret iklädd gårdagens kläder och hoppades att det inte skulle synas för mycket.

-Där kommer du äntligen, som jag har väntat, sa Erik

Emma såg att Erik och Max satte och pratade med varandra, det gick en kall kår i Emma då hon undrade om Max inte kunde hålla tyst mer än tjugo minuter? Men hon ser på Max blick att han inte hade sagt något. Emma gick in på sitt kontor och hängde av sig sin jacka och väska och gick sedan ut i fikarummet för att möta upp Erik och bege sig till Mona för att förhoppningsvis får några svar.

På vägen till Mona började Erik ställa en massa konstiga frågor till Emma om hur vida hon visste om varför chefen var så positiv. Emma bet sig i tungan ett flertal gånger och ville egentligen tala om för honom att det var på grund av att hon hade spenderat natten hos honom.

Men det skulle skada honom mer om han fick veta det, för då skulle han hela tiden tro att hon fick fördelar med jobbet. De kom in på avdelningen och Erik knackade på Monas dörr, de fick inget svar men han öppnade dörren lite försiktigt och Eriks ansikte tittade in genom dörrspringan. Han kunde skymta henne bakom alla dataskärmar som fanns på hennes skrivbord.

-Hej, får vi lov att störa dig frågade Erik lite försynt.

De fick inget svar men fortsatte att gå mot skrivbordet, plötsligt tittar hon upp ovanför dataskärmarna och tar ur sina hörlurar.

-Hej, förlåt jag hörde inte er. Vad bra att ni kom för jag har lite nyheter till er.

Emma och Erik tog fram varsin stol som stod längs med väggen och satte sig vid hennes skrivbord, hoppfulla över att få några ledtrådar.

-Det tog lite tid för att finna vad ni ville ha, men jag tror att jag har löst den frågan.

-Berätta för oss vad du har fått då, svarade Erik.

-Registreringsnumret är ÅÄÖ 555 och ägaren är,

Villiam Karlsson, senast registrerad adress är Fyllerydsvägen 78 c. Jag kollade även upp honom och han har ett långt brottsregister med snatteri, bilstölder, mord och olaga hot.

Erik tar upp sin lilla svarta anteckningsbok och registrera all information för att inte missa något.

-Det visade sig även att Villiam och Oskar har suttit i fängelse i Kristianstad under samma tid och förmodligen lärt känna varandra där, sa Mona.

Med ett stort leende tackar de Mona för hjälpen och reser sig snabbt och ställer tillbaka stolarna längs med väggen innan de lämnar rummet och stänger sedan dörren.

På kontoret sitter Max med fötterna på skrivbordet och talar i telefon, men Erik var så ivrig över att få fast Villiam och Oskar, så Erik knackar på Max dörr och stiger bara rätt in. Emma blir nervös över hur Max skulle agera över en sådan sak så hon stod snällt kvar utanför. Max lägger på luren och frågar Erik vad som var så viktigt att han bara kände att han kunde stövla rakt in på hans kontor så där?

Erik berättade om informationen som han hade fått ifrån Mona och ville gärna agera på en gång. Max böjer sig lite åt höger för att få kontakt med Emma som snällt stod kvar utanför, och frågade

-Skall inte du vara med när Erik avlägsnar rapporten om den senaste informationen? Frågade Max.

-Jo visst, svarade Emma och gick in på kontoret och stängde dörren efter sig.

De satte sig vid bordet som stod inne på Max kontor och de gick igenom hur de nu skulle gå till väga för att få det bästa resultatet.

De var nu tvungna att få tag på Villiam, för som de trodde så kanske Oskar var med han och då fick de tag i båda två. Men eftersom att de inte visste vad som väntade dem på den angivna adressen, bestämde sig Max för att de inte skulle åka själva på detta uppdrag. Det skulle bli de två och Max och även en till bil med poliser skulle åka med för att få det bästa resultatet som möjligt. Max organiserade ihop det hela och när allt var klart så var det dags att bege sig ner i garaget för att åka iväg. Linda knackade på Max dörr och berättade att han hade besök.

-Ta ett meddelande, jag har inte tid nu sa Max lite stressat.

-Jag tror att du måste ta det, för det är nämligen Lisas man Jan, som är här sa Linda.

-Fasen, ja men låt han komma in och meddela Emma att de får vänta på mig sa Max.

En trött och förtvivlad Jan kommer fram till Max dörr och knackar på lite försiktigt.

-Hej, nu vill jag få veta vem fan det var som dödade min fru, jag får inget svar någonstans skrek Jan.

Max blir frustrerad över att det kommer in en man och skäller och gormar på han och hans anställda, vem var han till att ta till sådana vulgära ord mot honom. Max bet ihop och sansade sig för det hjälper inte att möta en sådan man med ilska.

-Kom in och sätt dig, sa Max med den trevligaste ton han kunde och stängde sedan dörren och satte sig på stolen bredvid Jan.

-Jag får inga svar någonstans av hur det går för er att hitta min frus mördare, och nu hörde jag på nyheterna att en annan kvinna hade blivit mördad i närheten av där Lisa blev mördade sa Jan, och började gråta.

Det knackar på dörren och Max ser att det är Emma som står där och pekar på sin klocka och börjar bli otålig, hon visar upp fyra fingrar och Max började undra hur han skulle få slut på detta samtal på fyra minuter.

-Jag förstår att det här är jobbigt för dig, och din familj att inte få några svar. Men för tillfället så har vi inga direkta svar att ge till dig men jag och mina kollegor jobbar på för fullt för att ni skall kunna få svar och komma vidare i livet. Jag gör allt i min makt för att få svar men du måste ge oss lite tid, vilket jag förstår kan vara väldigt tufft. Men du måste lita på mig Jan, sa Max

Emma knackade på dörren och vinkar att han måste komma nu. Jan ser att hon står där och vill störa hans och Max samtal och blir förbannad.

-Jag kan inte ens få fem minuter med dig och prata om min frus mördare, vad är det för jävla sätt. Jag får gå till tidningen och höra vad de vet och kanske ge de mig mer än fem minuter sa Jan frustrerande.

-Jag är hemskt ledsen Jan att jag inte för tillfället kan ge dig mer informationen om fallet eller ge dig ett längre möte. Jag har ett möte jag måste gå till nu, men jag lovar att ge dig information om fallet så fort vi vet något sa Max och reste sig upp ur stolen och tog på sig sin jacka.

Max tog Jan i hand och tackade han för att han kom och lovade att höra av sig men nu var han tvungen att lämna kontoret. Jan tittade på honom besviket och argt. Max gick ut från kontoret och mötte upp Emma som stod otåligt och väntade på honom. Han sprang förbi Linda och sa att hon skulle följa Jan ut för han var tvungen att lämna kontoret för att följa en ledtråd, sen sprang de ut för att hämta bilarna. Linda gick in på Max kontor och såg att Jan stod vid Max skrivbord och tittade i Max papper för att kunna se om han hittade något som kunde ge han en ledtråd i rätt riktning.

-Vad gör du, frågade Linda

-Ingenting svarade Jan och lämnade kontoret snabbt och sa ingenting.

Linda gick fram till Max almanacka och de papper som fanns på hans skrivbord för att se vad Jan kunde ha sett för information. Hon tittar lite lätt för att inte gå igenom hans saker allt för mycket och ser att mappen som handlade om fallet Lisa var öppen och där låg bilderna framme så man kunde se henne som död och några anteckningar om vilka förhör de har haft.

Hon rusar ut ur kontoret för att se om hon skulle hinna ifatt Max, men från ett fönster ser hon att deras bilar lämnar byggnaden. Hon ringer upp Max på hans mobiltelefon och meddelar honom att Jan stod vid hans skrivbord och kollade igenom hans mapp om fallet Lisa. Max blir förbannad över att hon tillät Jan gå igenom hans papper på kontoret och meddelade att det skulle få konsekvenser för henne och la sedan på luren i örat på henne.

Linda blev förvånad över anklagelsen att det var hennes fel, men hon skakade av sig det och lämnade hans kontor och fortsatte med sitt jobb.

I bilen sitter Max, Emma och Erik och förbereder sig för att storma huset där Villiam bodde. Erik berättar att de med största sannolikhet kommer att stöta på honom där, då det tydligen var hans sista adress. De stannar bilen vid ett stort rött hus som ligger tre hus bort från det huset där de tror att Villiam befinner sig i och stiger ut och ser hur det ligger och hur de på bästa sätt skulle kunna ta sig in.

Det var ett fristående hus med baksidan mot en liten skog som sedan ledde mot ett bostadsområde och man kunde se hur barnfamiljerna var ute i sina trädgårdar och lekte, de var även mycket barn som lekte på lekplatsen som fanns där i bostadsområdet. Hur skulle de gå tillväga på bästa sätt för att inte någon skulle kunna lämna baksidan och springa mot barnen som lekte där helt ovetandes om vem som egentligen bodde i detta hus.

Max sa till gruppen som han hade med sig, att fyra poliser går runt och storma in på baksidan och han, Erik och Emma tar framsidan. Nu tar vi den jäveln! sa Max och började sedan inta sina positioner runt huset. De var nu redo att gå in! Max ger order att de skall gå in, via kommunikationsradion de hade.

Polis! Polis! Skrek de alla med sina pistoler hårt hållna framför dem för att kunna skjuta direkt om det så behövdes. De möttes av att Oskar tog fram sin pistol för att skjuta, han ville inte att polisen skulle ta honom för i fängelse ville han inte in i igen.

-Lägg ner vapnet, skrek Max hållandes sin pistol framför sig hårt för nu var han beredd på att skjuta honom om han så var tvungen.

-Jag är oskyldig, skrek Oskar men höll fortfarande fram sin pistol för att skjuta Max om han behövde.

-Lägg ner vapnet Oskar! Skrek Max.

Emma kom fram bakom Max med sin pistol i högsta hugg. Oskar kände sig överbemannad och la tillsut ner sitt vapen och höll upp sina händer för att visa att han gav upp. I rummet intill där

Max stod hörde han ett skott avfyras och ber Emma sätta handfängsel på Oskar och sprang sedan mot rummet där han hörde skottet.

Han möttes av att poliserna stod där inne och satte handfängsel på Villiams kumpaner. Han tittade vidare i rummet för att se så att ingen polis har blivit skjuten för han hörde ett skott. Max tittar ner och ser att Villiam har blivit skjuten i benet och Erik halvsitter bredvid honom för att sätta handfängsel på honom.

-Era skitstövlar, ni sköt mig i benet skrek Villiam och vände och vred sig av smärtan på golvet som nu började komma efter att adrenalinet hade börjat lägga sig.

-Är det någon som är en skitstövel så är det du, skrek Erik och drog upp honom från golvet för att sätta han på en stol medans han tillkallade ambulansen.

Max gick runt i huset och kollade av så att de inte hade missat något. Huset var gammalt och nedgånget och Emma kom efter och tillsammans gick de igenom huset. Det fanns ingen person som de hade missat och de hörde nu att ambulansen var på ingång och att fler polisbilar kom. De gick ner för trappan och två av poliserna som var med gick ut med Oskar och Villiam och deras kumpaner.

-En polis skall åka med i ambulansen med Villiam och släpp han för fan inte ur sikte! om han ska opereras så ska du var inne i operationssalen, förstår du? Skrek Max på en av poliserna.

Polisen nickade till och hoppade sedan in ambulansen tillsammans med Villiam.

Max bad att poliserna skulle spärra av området och finkamma det på alla sätt så de kunde hitta något som ger oss resultat och sedan meddela mig fort som fan på vad ni har fått reda på.

Max hoppar in i bilen och frågar Erik om han ska med till stationen, för i sådana fall får han hoppa in nu. Erik nickar till och hoppar sedan in i bilen. Max påtalar sin stolthet över att operationen gick så bra som den gjorde, och att han var stolt över Emma och Eriks polisarbete. Med en självbelåtenhet meddelade Erik att det var därför han och Emma var de bästa poliserna, om inte Max redan visste om det. Max svarade inte ens utan fortsatte köra mot polishuset, han var tyst och belåten över hur bra det hade gått.

Max parkerade bilen utanför polishuset och tillsammans gick de upp till kontoret, och då sa han att han ville ha ett samtal med Emma om fem minuter på hans kontor. Emma svarade okej och gick mot kaffebryggaren för att ta sig en kopp kaffe innan mötet. Hon ställde koppen i kaffeautomaten och tryckte på en stor kaffe, sakta började kaffet rinna ner.

Erik kom fram till henne och undrade hur hon kände sig inför mötet med chefen, för vad han kunde förstå av vad som hade hänt så hade hon inte gjort någonting fel. Kaffet hade nu runnit ner och hon tog sin kaffekopp och vände sig mot Erik och drog en djup suck och tittade ledsamt mot honom för de båda två visste att mötet med Max inte skulle båda gott för henne.

Med tunga steg gick hon mot hans kontor och knackade lite lätt och gick sedan in. Hon vänder sig om för att stänga dörren och ser att Erik stod där vid kaffeautomaten väntandes på sitt kaffe och tittar på henne och tyckte synd om henne.

Hon stänger dörren och sätter sig ner vid hans bord med kaffekoppen i handen, och frågar vad han ville henne. För innan i bilen påtalade han hur duktiga de var på deras arbete och att Max var stolt över hur de jobbade. Så fort har du väl ändå inte ändrat dig, menade Emma.

Max tittade på henne och reste sig sedan upp från sin kontorsstol för att sätta sig vid bordet där Emma satt och sa.

-Jag har ingenting att klaga på över hur du sköter ditt arbete, Jag tycker du är en fantastisk polis och jag kan säga att du är en av få människor som jag litar på. Det kändes skönt att veta du fanns vid min sida när vi var i huset. Sa Max.

Emma satte kaffet i halsen och var inte beredd på att få höra det, speciellt inte från honom. Hon hostar till och ber om ursäkt, och ställer sedan ner sin kaffekopp på bordet och tittar på honom.

Max sitter bakåt lutandes i sin stol och tvinna lite av sitt skägg med sin ena hand.

-Inga problem, det är klart att jag finns vid din sida vi är ju kollegor och vi skall stötta och finnas vid varandras sida för att se till att vi kan komma hem till våra familjer efter dagens arbete, sa Emma.

-Syns vi ikväll? Frågade Max

-Jag vet inte om jag orkar träna ikväll, jag hade bara tänkt ha en lugn hemmakväll med lite mat och något glas vin, sa Emma.

-Inga problem, vi hoppar över träningen och bara kör en hemmakväll det går bra för min del, vilken tid skall jag komma? Går det bra om jag kommer vid halv sju tiden? Sa Max

Lite förvånat svara Emma att det är helt okej.

Hon reser sig upp från stolen för att gå ut ur kontoret när Max ställer sig upp och skall gå mot dörren för att öppna den åt henne. När han står tätt intill henne känner Emma den spänningen som finns mellan dem två. Hon tar sin kaffekopp och går ut genom dörren och säger att de syns senare ikväll. Max öppnar dörren till henne och Emma lämnar hans kontor för att sätta sig vid sitt skrivbord och fortsätta jobba med fallet. Hon satte sig på sin kontorsstol och satte ner kaffekoppen på sitt skrivbord och drog fingrarna genom sitt långa hår och suckade.

Vad var det som hände där inne hos Max? och hur i hela fridens namn skall hon säga till Erik när han nu kommer fråga hur mötet gick och vad det handlade om. Hon tog fram en hårsnodd och satte upp sitt långa hår lite slarvigt och satte på sin dator. Hon hade väldigt svårt att koncentrera sig på arbetet och visste inte riktigt vad hon skulle börja arbeta med. Det knackar på dörren och när hon tittar mot dörren så ser hon Erik som står där med ett litet sorgset ansikte.

-Fick du en utskällning av chefen? Frågade Erik lite försiktigt

Emma tittar på honom och funderar på vad hon skall svara honom utan att berätta att hon och chefen träffas på fritiden.

-Nej faktiskt inte, jag är lika chockad som du svarade Emma.

-Vad ville han då? Frågade Erik

-Han berättade att jag slapp träningen idag för han hade fått något viktigt som han var tvungen att göra. Så jag är väldigt tacksam sa Emma och hoppades att han inte kunde se på henne att hon ljög. Situationen som hon satt i var väldigt jobbig för henne men samtidigt vågade hon inte säga sanningen till Erik, då hon inte var säker på att han skulle klara av att hålla det mellan dem två.

Erik lämnade Emma och gick till sitt skrivbord för att fortsätta med fallet, som enligt Max prioriterades högst av alla då det var en av oss som hade blivit mördad. Timmarna gick och verken Emma eller Erik hade lämnat sina platser när Max klampar in till Erik och berättar att han skall ta förhöret med Oskar. Erik svarade att det var okej och undrade om han kunde ta med sig Emma på förhöret. Till svar fick han att hon hade andra arbetsuppgifter som hon behövde jobba med nu, så han fick ta det själv men med hans kapacitet så skulle han kunna klara av det galant.

Sen vänder sig Max om och går därifrån och tar sin kavaj och lämnar kontoret. Erik skakar på huvudet och tar sig ner till häktet för att förhöra Oskar. Han sätter sig vid bordet i förhörsrummet och Oskar kommer in med två poliser som sätter han på en stol mittemot Erik och sätter fast handfängslet på kroken på bordet.

-Jaha då var vi här igen då Oskar, vad har du att säga denna gång? Frågade Erik

Oskar tittade på Erik och hånskrattade åt honom.

-Jag har inget att säga utan en advokat svarade Oskar.

Erik försökte på alla sätt och vis och få fram något från Oskar men hela tiden svarade Oskar att han ville ha en advokat. Till slut fick Erik nog och lämnade förhörsrummet och sa till en av poliserna att de skulle hjälpa Oskar att få tag på en advokat och meddela honom när det är gjort.

Det ringde på ytterdörren och Emma öppnade, där stod Max med en blombukett och en flaska vin och log.

-Hej, kom in sa Emma och öppnade upp dörren och lät han komma in.

Erik gick in i hallen och stängde dörren och hängde av sig sin kavaj på en galge och hängde upp den fint och ställde skorna rakt och fint på en ledig plats i skohyllan. Han gick in i lägenheten och tittade sig omkring, det var fullt med möbler som både var moderna och antika. De nytvättade kläderna som hon skulle ha på sig imorgon på jobbet låg slängda på en puff vid sängen som var helt obäddad. Emmas lägenhet var helt tvärtom än hur hans hus såg ut. Erik gick ut i köket där Emma stod vid köksbänken och skar upp den sista gurkan till salladen.

-Hoppas att du är hungrig Max för jag har lagat mycket mat, sa Emma

Max gick fram till köksbänken där Emma stod och skar gurka och tittade in i ugnen för att se vad det var som luktade så gott.

-Det är fläskytterfilé med whiskeysås och Hasselbackspotatis, hoppas att du kommer tycka om det, sa Emma.

-Det tror jag säkert, jag älskar all hemlagad mat svarade Max. Emma la i gurkan i salladen och ställde fram skålen på bordet, och tog fram tändaren som låg vid ljusen och tände dem. Maten var nu färdig och Emma tog ur den ur ugnen och dukade fram det sista.

-Varsågod och slå dig ner, sa Emma och satte sig ner vid bordet.

Hon skickade formarna med mat så Max kunde lägga upp sin tallrik och medans de sedan började äta, började de samtala om hur deras dag hade varit. Allt eftersom att timmarna gick fortsatte de att prata om allt mellan himmel och jord. Mörkret började falla och Emma hade det trevligt i sällskap med Max så hon undrade om han ville stanna över hos henne. När hon hade ställt frågan blev hon lite osäker på vad hon skulle få till svar, det var ju ändå hennes chef. Han tittar på henne med ett leende och svara att det gör han gärna.

På morgonen vaknar Emma av att regnet slog mot fönstret och hon öppnar sina ögon och ser att Max ligger tätt intill henne och har sin arm omkring henne. Hon tittar på väckarklockan som stod på nattygsbordet, klockan var halv sex så det var väl dags att stiga upp och göra sig redo för dagen. Hon börjar vända på sig lite försiktigt och Max vaknade till och pussade henne på kinden och sa

-God morgon, min sköna och kramade om henne ordentligt.

Emma försökte stiga upp men Max höll kvar henne i sängen, och bad henne ligga kvar ett tag till för det var så härligt att få ligga där jämte henne. Hon vände sig om och tittade in i hans ögon och kysste han lite ömt på läpparna och det var dags att ta en sovmorgon, för det var för underbart att ligga där än att bege sig ut i det vädret som var, konstaterade de båda två.

Erik satt i fikarummet och åt sina två ostsmörgåsar som han alltid hade med sig till frukost och drack sitt kaffe. Han skulle snart ner till förhöret av Oskar och hans advokat. Han tittar in mot Emmas plats för att se om hon är ledig för att följa med honom, men hon var inte där. Han tittar på klockan som hänger över kaffeautomaten och ser att klockan är över 10, vart kan hon vara?

Han tar upp sin mobiltelefon och slår telefonnumret till Emma, signaler går fram men inget svar. Erik stängde av samtalet och fortsatte att äta sin frukost, men han kunde inte släppa tanken på att det var något som var fel för hon brukade alltid svara i sin telefon. Max kommer in på kontoret och Erik hoppar ur soffan och ropade på Max.

-Har du pratat med Emma? för hon har inte kommit än och hon svarar inte i telefonen. Jag är rädd att det är något som inte stämmer för det har aldrig hänt innan sa Erik lite skärrat.

-Jag fick ett samtal från henne nu på morgonen att hon tar lite ledigt på förmiddagen för hon hade tydligen vaknat med migrän. Det har varit mycket för henne som hon har jobbat, och du Erik, om hon inte svara på en gång när du ringer betyder det inte att du behöver skicka en patrull och leta efter henne sa Max med ett hånskratt.

-Jag är bara rädd om min partner svarade Erik och vände sig om med huvudet hängandes, och besviken på hur hans chef beter sig när man är rädd om en partner.

Han gick mot soffan och satte sig och fortsatte äta upp sin fika. Han fick väl vänta in Emma och låta henne ta sig den tid hon behöver om hon inte kände sig riktigt bra.

I förhörsrummet nere på häktet satt Oskar med sin advokat redo för att börja prata. Dörren öppnades och in kommer Erik och Max som sätter sig vid andra sidan bordet och startar videokameran som står i hörnet av rummet och filmar förhöret.

-Förhör med Oskar Lindkvist inleds, klockan är 11.00 och vid förhöret är det Kriminalare Erik, kommissarie Max, och Oskar Lindkvist advokat Per Strömberg, sa Max.

Låt oss börja, och berätta du Oskar från början vad som har hänt och lämna inte ute några saker. Oskar undrade om de kunde prata med åklagaren och berätta att han hade samarbetat och kanske åklagaren då kunde se till att straffet sänktes en del. Max berättade att han inte kunde lova något men han skulle verkligen framställa hans önskemål.

Oskar tog en klunk vatten och började sedan berätta att han och Villiam hade suttit i fängelse samtidigt i Kristianstad och där med lärt känna varandra och fått en bra kontakt. Max tittade på Oskar och höjde på ögonbrynen, lärt känna varandra tänkte Max, det är inget ställe för att skaffa nya vänner.

Oskar tittade på sin advokat som nickade och tyckte att han skulle fortsätta att berätta och vara så Sanningsenlig som möjligt.

Oskar fortsatte att berätta att allt eftersom de hade upprättat en kontakt i fängelset så var Oskar mer säker bland de andra fångarna eftersom att Villiam var en fånge som hade stor respekt där inne och ingen vågade ge sig på honom. Men när Oskar kom ut ur fängelset tog Villiam kontakt med honom och berättade att han nu var tvungen att betala tillbaka till honom för att han hade beskyddat honom i fängelset.

Oskar berättade att han hade sagt till Villiam att det ville han inte göra för han var inte tvungen till det nu i efterhand. Men eftersom att Villiam hade tyckt att han hade gjort stora uppoffringar för Oskar i fängelset så hade han inget val. En kväll efter att jag hade varit och tränat flög Villam och hans kumpaner på mig från ingenstans och kastade in mig i en skåpbil med en huva på mitt huvud och de band fast mina händer så att jag inte kunde göra motstånd. Efter att de hade kört en längre sträcka så stannade de och drog ur mig ur skåpbilen och satte mig på en stol och jag tyckte att det kändes som en kall och unken lagerlokal

Plötsligt blir Oskar tyst och Max ser på honom att han tycker det börjar bli ansträngande att prata.

-Ta dig lite vatten och andas lite, innan du fortsätter sa Max.

-Tack svarade Oskar och tog några klunkar vatten.

-Är du redo för att fortsätta berätta för oss vad som har hänt? Undrade Max.

Oskar tog ett djupt andetag och fortsatte berätta där han var innan han behövde en minuts paus. När jag satt där på stolen tog de av mig huvan och Villiam stod framför mig med en arg svart blick och frågade mig igen om jag inte skulle hjälpa honom. Jag svarade han att jag inte var skyldig han någonting, för så mycket hade han verkligen inte skyddat mig i fängelset. Men när jag hade sagt det så blev Villiam skitförbannad och började slå mig i mitt ansikte med sina knytnävar. Under tiden som han slår mig så frågar han mig om jag hade ångrat mig och skulle hjälpa honom.

Jag började spotta blod och värken började komma mer och mer och jag kände att han får slå mig så länge han vill för jag vill inte hjälpa honom med något för att sedan åka in i fängelse igen. Jag vet inte hur länge jag satt där och blev slagen. Men efter att säkert blev slagen ett tjugotal gånger började jag känna att benen i mitt ansikte inte höll och den smärtan var olidlig. Jag försökte på alla sätt att försvara mig, men jag satt där på stolen med bakåtbundna händer och benen hade de bundit fast med någon form av rep i stolsbenen, jag kunde inte göra någonting.

När de inte fick som de ville, att jag gav med mig så tog han fram en lite tång och viftade den framför mina ögon så att jag verkligen skulle se vad han hade i sina händer. Sedan förde han ner den mot mina händer och sa att han skulle dra bort mina naglar en efter en tills jag gav med mig.

Max rätar på ryggen och vill ivrigt veta hur det fortgick.

-Vad hände sen? Frågade Max

När han hade dragit bort den första nageln på mig, trodde jag att jag skulle dö av smärta. Jag skrek rakt ut och bad han låta mig vara. Men på något sätt så triggade det igång han ännu mer för han började bara skratta och hånade mig att jag grät som ett litet barn. Jag var ingen man sa han, då jag skrek så pass mycket.

Men efter att han hade dragit bort fyra naglar på mina händer så gav jag upp, jag orkade inte mer. Jag orkade inte stå emot honom mer utan jag fick bli hans assistent inom det brottsliga livet i Växjö.

Oskar lyfte fram sina fingrar och sa till Max,

-Titta här, jag ljuger inte sa Oskar och visade upp fyra fingrar där naglarna var borta där blod och var hade samlat sig, fingertopparna hade börjat bli blåsvarta.

Max tittade på hans fingertoppar och blev förvånad och ledsen över hur hans fingertoppar såg ut.

-Du måste träffa en läkare, som ser över dina fingrar för det kan lätt bli blodförgiftning som de ser ut. Efter förhöret ser jag till att du får träffa en läkare.

-Varför gav ni er på Lisa då, vad hade hon gjort er? Frågade Max

-Jag vet inte om någonting om Lisa, jag var i alla fall inte med när hon blev mördad. Jag har fått springa ärende åt Villiam och begärt in pengar som andra människor var skyldiga honom för knark som han hade sålt vid Växjö Station där det är lättast att sälja för där befinner sig aldrig några poliser. Bakom stationshuset är det som en liten vändplats och där möts de upp och gör sina affärer.

Men när vi tog fast dig i Villiams hus så stod du och var på väg att skjuta mot oss, ingen man i sitt rätta medvetande skulle göra det om man inte hade gjort något fel, sa Max.

Oskar tittade på honom med en sorgsen blick, och blev tyst för en stund.

-Jag förstår att du blev tyst nu, för nu gäller det att du är ärlig och berätta exakt vad du vet och kanske kan rädda ditt eget skinn en aning i alla fall sa Max.

-Jag vet att Villiam pratade om hur han hade tagit livet av en kvinna och hur han skröt om det bland sina kumpaner. Jag vet inte vilken kvinna det var för det talade han aldrig riktigt om, sa Oskar.

Oskar börja nu gråta och förstår att det är nu han måste vara ärlig och tala sanning för Max,

-Du är inte så tuff som du vill påskina när du sitter här och gråter, säg nu sanningen så kanske vi kan hjälpa dig till ett rent samvete, sa Erik kaxigt och lutade sig tillbaka i stolen.

Plötsligt börjar Oskar prata igen och upptäcker att det är nu eller aldrig, för vad skall han ta sig till om han inte tar möjligheten nu? Jag har gjort mig skyldig till utpressning, olaga hot, och narkotika det är det jag har gjort. Oskars advokat ber han att vara tyst han ska inte berätta mer.

Max avslutar förhöret och tackar Oskar för hans samarbete och trycker sedan av filmen för nu behövs det inte filmas mer. Max och Erik reser sig upp ur stolarna och tar med sig sina papper som de hade med sig.

Utanför förhörsrummet börjar Max och Erik prata och de konstatera att de nu måste till sjukhuset för att förhöra Villiam.

-Men nu har vi fått bevis mot Villiam och kan sätta ditt honom sa Max med ett stort leende på läpparna, för nu kunde de knyta ihop fallet och knyta Villiam till brottsplatsen. Du dokumentera förhöret Erik, så tar jag med mig Emma och förhör Villiam på sjukhuset sa Max.

Besviken satte sig Erik vid sitt skrivbord och började gå igenom förhöret, egentligen hade han velat vara på sjukhuset och förhöra Villiam, varför skulle Max ta med sig Emma helt plötsligt? Hade de blivit sådana såta vänner nu helt plötsligt? Ja, det var bara att bita ihop och fortsätta med arbetsuppgifterna.

Emma och Max kom nu in på sjukhuset, och frågade i receptionen på vilken avdelning Villiam Karlsson låg. Kvinnan som satt bakom disken berättade att hon inte kunde lämna ut den informationen till dem. Max plockade då upp sin polisbricka och frågade om det gick bättre för henne nu och svara.

Kvinnan blev snopen och svarade honom argt att det kunde inte hon veta och kollade sedan i sin dator och meddelade att han låg på avdelning 19. De gick mot avdelningen och såg där framme i slutet av korridoren att det satt en polisman utanför ett rum och läste dagbladet.

-Hej, kommissarie Max, presenterade han sig och frågade sedan om Villiam var där inne?

Polisen nickade till och Max öppnade dörren och gick in på rummet där Villiam låg. Max möttes av att Villiam låg på sidan och han skymtade nu tatueringen med ett fuck you tecken på hans hals. Max log lite för det var denna gärningsman som vittnena hade sett i området där Lisa blev mördad.

-Hej jag heter Max och kommer ifrån polisen, jag skulle vilja prata med dig lite om vad du gjorde i området där Lisa hittades.

Villiam vände huvudet mot Max och tittade på honom med små svarta ögon,

-Nej jag har ingen jävla lust att prata med dig sa Villiam och vände sig om igen i sängen.

Nu är det så att du har ingen talan om hur vida du vill prata med oss eller inte. Nu kommer jag ställa dig frågor och jag vill att du ska svara på vart enda en av dem och du vänder dig om och tittar på mig när jag pratar med dig, sa Max med en hård och bestämd röst.

Mot sin vilja vände sig Villiam om och tittade på Max och undrade om han var nöjd nu.

-Jag kommer bli helt nöjd när du har börjat prata med oss, så nu är det upp till dig. Varför dödade du åklagare Lisa och hennes sekreterare frågade Max.

Villiam spänner ögonen i Max och säger att han inte har dödat någon. Det finns vittne som säger att de har sett dig i området där kvinnorna blev döda, menar du att det är lögn? Påpekade Max.

Villiam försöker spela tuff, och har en kaxig attityd mot Max och Emma och svarar att han kanske hade varit i det området, och om de är döda så förtjänar dem det. De var de två som gjorde att jag hamnade i fängelse så jag är bara glad över tanken på att de är döda sa Villiam och vänder bort blicken.

Vi har vittnen som säger att de har sett dig på platsen och motivet till att du skulle vilja döda dem är ju solklart, för det var du ju så dum och talade om det. Förresten det är nog dags för dig att skaffa dig en advokat för du är skäligen misstänkt för morden på åklagare Lisa och hennes sekreterare.

Max tittade på Emma och beslöt sig för att de inte kommer att få ut något av honom där och då, så de lämnade rummet. När de hade kommit ut så berättade Max att de väntar tills han är mer vigör, innan dess var det ingen idé. Men de hade nu meddelat honom att han är skäligen misstänkt för morden.

Max tittade på klockan och såg att det var dags att dra sig tillbaka till polishuset för en genomgång av fallet.

Max och Emma kommer in på kontoret pigga och glada, Erik möter upp dem och undrar vad det är som är så roligt, för det är inte varje dag som man ser att Max var på så gott humör. Erik funderade på att det kanske var dags att föreslå lönesamtalet redan idag, för om han skulle ha möjlighet att få löneökning så skulle det vara en dag som denna.

-Möte om fem minuter i konferensrummet sa Max högt och tydligt och förväntade sig att alla berörda skulle höra hans stämma.

Erik smög upp vid Emmas sida och viskade,

-Vad har jag missat? Kan chefen vara rolig?

Emma tittade inte ens på Erik, utan svarade

-Om du hade följt med oss så hade du förstått det hela sa hon och gick sedan in i konferensrummet och satte sig och väntade in sina kollegor för uppföljningsmötet som Max ville ha.

Inne i konferensrummet sitter ett antal personer och väntar med spänning på att Max skall komma och meddela nyheterna. Erik sa till Emma att nu kan väl inte läget vara så allvarligt längre, vi har ju hittat mördaren som våldtog och ströp både Lisa och hennes sekreterare.

Max kommer in igenom dörren iklädd kavaj och finbyxor och på fötterna hade han tagit på sig ett par svartlackade skor, han har en kaffekopp i sin högra hand och sin laptop i den andra.

-Hej säger han med en ljuv stämma och lägger sin dator på bordet och tar en klunk ur kaffekoppen innan han sätter ner sin kaffekopp. Han går fram till clevertouchen och kopplar in sin laptop så poliserna kunde se vad han hade på sin dator.

-Så, tack för att ni alla kom. Nu är det så att vi har gjort ett fantastiskt polisarbete, i och med det så har vi nu funnit mördaren som bragde livet på Lisa och hennes sekreterare, sa Max.

Max tog upp ett foto på Villiam och suddade ut frågetecknet som fanns längst upp clevertouchen och satte dit fotot. Max vänder sig om mot poliserna och säger att här är han! och pekar på bilden av Villiam. Som ni alla ser så har han även en tatuering på sin högra sida som vittnet vittnade om. Poliserna sitter med ett leende på läpparna och njuter av att mördaren är fångad, och att kommissarien Max Låglund var stolt över deras arbete. Max tackade alla för att de hade kommit och sa att de skulle ge varandra en applåd för deras arbete. Det applåderas varmt i konferensrummet och alla lämnade rummet positiva och nöjda.

Erik gick ut i fikarummet och hämtade sig en kopp kaffe och när han stod där och väntade på att kaffet skulle rinna ner kom Emma och frågade om de skulle gå ut och ta en öl efter jobbet för att fira. Erik var inte den som spottade i glaset utan svarade ja innan hon knappt hade frågat färdigt. Han tog sin kaffekopp och hämtade en kaka som låg på bänken och satte sig i soffan.

Emma gjorde han sällskap och berättade att det var något som inte stämde med fallet och att hon inte kunde släppa det. Erik bara tittade på henne och sa att hon skulle släppa det nu för vi kunde binda Villiam till brottsplatsen och motivet var ju att Lisa och hennes sekreterare hade satt han i fängelse, så bara släpp det nu. Emma tittade på Erik och fick väl ge sig och därmed släppa tankarna om fallet.

Mörkret hade nu lagt sig och Emma var nu tvungen att stänga ner och bege sig mot Bishop, den lilla puben som låg mitt i stan där Erik väntade på henne. Hon tog på sig sin jacka och hängde sin väska på axeln och lämnade kontoret lite sugen på den där ölen. På puben satt både Erik och Max vid ett bord och drack öl, Erik fick syn på henne och vinkade glatt att hon skulle komma och göra dem sällskap vid bordet.

Hon tog sig fram mellan alla gäster som stod längs med gången och väntade på att få komma fram till baren och beställa. Framme vid bordet hänger hon av sig sin lilla jacka på stolen och lägger väskan under bordet och sätter sig på stolen som är ledig mellan dem två. På bordet står det en stor stark öl och väntar på henne, Max berättade att han tog sig friheten och beställde in en öl till henne. Emma tackade ödmjukast och började sedan smaka av den kalla ölen som stod där framför henne. Kvällens tillställning speglades mest i hur lyckliga de var för att de var ett sådant bra gäng poliser och kunde få fatt på den mördaren som satte mycket skräck i samhällets kvinnor.

Dagen efter vaknade Emma av att telefonen ringde, hon trevade med handen mot nattygsbordet för att hitta telefonen.

Hallå, svarade hon med en skorrig röst. Jag kommer nu svarade hon och tryckte av samtalet och satte sig upp i sängen och gnuggade sig i ögonen och drog fingrarna genom håret. På nattygsbordet låg det alvedon som hon fick ta och svälja ner med vatten, huvudvärken var ett kvitto på att hon inte skulle tagit de sista två ölen på puben.

Hon sätter sig på sängkanten och ta på sig sina byxor som hon hade slängt på golvet när hon kom hem kvällen innan och går till sin garderob och tillslut hittar hon en liten rosa blus som fick bli dagens outfit. Hon går till ytterdörren och klär på sig sina skor och sätter upp håret i en liten knut där bak.

Cykelturen till jobbet, som i vanliga fall brukar ta sju minuter tog nu sjutton minuter. När Emma kom till jobbet så kunde hon fortfarande inte släppa tanken på att något inte stämde med att det skulle vara Villiam som var mördaren. Hon satte sig vid sitt skrivbord och tog fram mappen om de två fallen, det var nu som hon skulle gå till botten med det här.

Efter många timmars arbete vid datorn och läst igenom alla papper om de båda fallen, hittade hon något som hon tyckte var konstigt och gick till Eriks plats för att se om han kunde följa med henne. För det hela som hon hade kommit fram till var värt en undersökning. Erik var inte där, han hade skrivit in på datorn att han var på lunch.

Emma gick till Max kontor för att se om han kunde följa med henne, för helst så ville hon inte åka själv hon visste inte vad som väntade henne. Hon kom fram till Max kontor och knackade på lite lätt och tittade in och såg att han inte var där. Hon går in till Lindas kontor och knackar på och kliver in och frågar henne om hon vet vart Max finns någonstans. Linda svarar henne att han hade ett möte som han var tvungen att åka till men skulle komma tillbaka till jobbet vid 16 tiden, skall jag hälsa någonting? Undrade Linda.

Emma vet inte om hon skall ge informationen om vad hon har funnit, hon tittar på Linda i någon minut utan att säga någonting.

-Hallå, skall jag hälsa Max någonting? Frågade Linda.

-Du kan hälsa honom att jag sticker till Tingsrätten på Kungsgatan och skall snacka med domare Stefan, sa Emma och vänder i dörren och tar på sig jackan samtidigt som hon går ner till bilen.

Emma kommer fram till Tingsrätten och parkerar bilen, hon tittar mot bygganden och ser att det är väldigt mörkt där inne och det ser inte ut till att vara öppet. Hon går mot byggnaden och rycker upp dörren, det fanns inte en människa så långt ögat kunde nå. Emma ropar hallå flera gånger, och ropar även, Stefan är du här? medans hon går fram i korridoren och tittar in i varje rum för att se om hon kan finna någon medarbetare. Kontoren och rättssalarna är tomma och öde och nersläckta, hon försöker hitta en lys knapp någonstans för att kunna lysa upp korridoren så hon kunde se något.

Emma började tycka att det var lite kusligt att gå där inne i den långa korridoren helt själv i mörkret. Stefan ropar hon igen, och hör hur en dörr slår igen en bit bakom henne. Hon vände sig om snabbt med hjärtat i halsgropen av rädsla av vem som kunde vara bakom henne. Hon tittar och åt alla håll och kanter för att se vem som befann sig där, hon fick syn på att en av svängdörrarna står och svajar. Någon fanns där som inte ville ge sig tillkänna.

-Hallå, vem är där? Sa Emma med en ljus darrig röst. Ingen svarade henne, hon gick vidare i korridoren och vänder sig om för att se om det fanns någon bakom henne. När hon vänder sig tillbaka, skrek hon rakt ut. Där stod han mitt framför henne! med ögon som lyste agg och förtret mot henne. Det var domare Stefan!

-åh vad gör du här, frågade Stefan.

Emma försöker hitta andan igen och svarar honom att hon har letat efter honom för att hon ville prata med honom angående Lisa och hennes sekreterare.

Han tittar på henne med ett hån och puttar upp henne mot väggen och håller sin arm mot hennes hals.

-Din lilla jävla poliskärring, hur kom du på mig? Frågade Stefan.

Emma försöker förtvivlat kommer ur hans grepp som han har mot hennes hals för att kunna andas. Hon försöker dra bort hans armar som är runt hennes hals men när hon märker att det inte hjälper henne, så försöker hon sparka han mellan benen för att komma loss. Det var som att han var beredd på det och stod bakåt med underkroppen så hon inte kunde komma åt honom. Han dra åt greppet mer och frågar henne igen, hur kom du på mig? Emma svarade honom inte.

Han vänder henne om och tar ett tag om hennes arm och håller ett fast grepp i hennes hår så huvudet lutar bakåt. Emma skriker av förtvivlan på hjälp och försöker komma loss, men när hon försöker komma loss så blir han allt mer aggressiv och tar ett hårdare grepp.

-Skrik hur mycket du vill, för ingen kommer kunna höra dig. Det finns ingen annan i huset, det är bara jag. Emma fortsätter att skrika i förhoppning att någon om så bara en städerska skulle höra hennes röst, för då kanske det fanns civilkurage i personen att larma polisen att något inte stod rätt till. Samtidigt som hon skriker hjälp försöker hon komma loss men han blir mer frustrerad och nästan puttar in henne i ett av kontorsrummen som finns utmed korridoren.

Han drar ner henne i stolen och drar i en sladd från datorn så lampor och skärmar föll från skrivbordet och gick i kras. Sladden tog han i sin högra hand och virade den runt hennes armar som han bände bakom stolen. Han drog så hårt han kunde så hon verkligen satt fast och inte kunde komma ifrån stolen och göra motstånd.

Han letade efter något han kunde tysta henne med för att slippa höra hennes skrik hela tiden. Han fann en skarfs som hängde på kroken vid dörren som någon av hans kollegor hade glömt, och virade den runt hennes huvud och täppte till hennes mun så han slapp höra henne men ögonen ville han kunna se så de lät han bli att binda för.

-Så där, sa han och ställde sig framför henne och tittade på henne från topp till tå. Så du kom på mig din lilla poliskärring. Jag fattar inte hur du som var så lätt lurad innan kunde komma på det.

Han går fram och tillbaka framför henne hela tiden, och Emma sitter där på stolen och försöker på alla sätt att få loss sina händer, och hennes röst som annars kan vara väldigt grov hörde man bara litet knyst ifrån.

-Så hur skall jag göra med dig nu då, sa Stefan och smekte hennes kind med hans nariga händer. Kanske skall du gå samma mötte som de andra två kvinnorna sa han, och närmade Emmas ansikte med sitt ansikte och slickade henne i pannan. Emma fick mer och mer panik och ville därifrån till alla odds, hon hoppar i stolen för att komma därifrån men hur hon än gjorde så var hon fast.

Stefan började nu tröttna på hennes försök att ta sig därifrån och knyter sin högra hand så hårt att knogarna vitnar och slår henne hårt i ansiktet. Blodet börjar rinna från Emmas ansikte och hon skriker förtvivlat av smärta. Stefan tittar på henne och sa att detta inte hade behövt hända om hon hade lyssnat på honom från början.

Mörkret hade börjat falla ute och regnet slog mot fönstren, Max kommer tillbaka in på kontoret och är nöjd efter dagens möte. Han går till sitt kontor och hänger av sig sin kavaj på stolen och startar upp sin dator. Medans datorn började starta gick han ut i kafferummet för att hämta sig en kopp kaffe som han hade varit sugen på länge. Medans kaffet rann ner i hans personliga kopp tittade han upp mot kontorslandskapet för att se om han kunde få syn på Emma. Men hon fanns inte där, han tar sin kopp och går upp dit för att se vart hon befann sig men det var helt tomt där bland skrivborden. Han gick tillbaka till sitt kontor och sätter ner sin kaffekopp på skrivbordet när han ser en lapp från Linda där det stod följande,

Emma sökte dig och bad mig meddela dig att hon skulle till åka och prata med domare Stefan. Han tar upp sin mobil och ringer till hennes mobil men inget svar, han trycker av samtalet och försöker en gång till. Fortfarande inget svar, Max bestämde sig för att vänta fem minuter till innan han ringde till henne igen.

Emma känner hur sin mobiltelefon vibrera i hennes bakficka, men hon kunde inte förmå sig att nå den på något sätt. Stefan tittade på henne och sa att han hade varit på fri fot om du inte hade lagt dig i. Frustrerad som han nu var så kunde han nu inte hålla sig i schack utan fortsatte att slå Emma med sin knytnäve, blodet forsade ner från hennes ansikte och hon kunde nu känna hur hennes ben i ansiktet hade brutits av alla slag som han gav henne.

Tårarna rinner på Emmas kinder och hon börjar nu förlika sig med tanken på att hon kommer dö där i den stolen fastbunden, slagen till döds av en man som tidigare hade dödat två kvinnor.

Efter tio minuter tar Max upp sin mobil igen och trycker in Emmas nummer och hoppas att han får höra hennes röst i andra änden. Men ingen svarar, signalerna ringer ut. Max bestämmer sig för att han måste bege sig till Tingsrätten för att se om Emma är där. Något var så fel med situationen och han var tvungen att få rätsida på alltihop. Han reser sig upp ur stolen och tar sig en klunk kaffe innan han tar på sig kavajen och beger sig ut ur byggnaden.

Emma försöker hålla modet uppe och inte låta verkligheten försvinna. Stefan tittar på henne och njuter av att se henne sitta där slagen i ansiktet så hårt att svullnaden börjar överta hennes ansikte, och skarfen som hon har runt munnen är nedblodad efter hur det rinner blod i hennes ansikte.

Stefan vill nu få henne att förstå varför han behövde göra som han gjorde innan han låter Emma få samma möte som de andra. Han ställer sig vid sidan om henne så hon inte kan se hans tydliga rörelser.

Max går ner i garaget och låser upp sin bil och sätter sig och kör sedan ut ur garaget med endast en tanke, jag måste hitta Emma! Vad kan ha hänt henne? Och skulle jag nu komma försent? Tänkte Max. Han trycker ner gasen i botten och vet att det endast är ett par, tre kilometer bort han ska för att komma till målet, men det kändes som han behövde köra i en evighet. Max tankar var inte med i hans körning, han var en trafikfara då han körde ner brevlådor, soptunnor på vägen fram till tingsrätten.

Max stannar bilen utanför tingsrätten och ser att Emmas bil stod parkerad lite längre fram, hon var här! Han tar upp sin pistol som han hade lagt i sitt handfack efter att han var ute i tjänst senast. Han slår igen bildörren och springer mot byggnaden, han kommer till entre dörren och drar upp dörren och går in.

Jag är så jävla trött på dig Emma, du skall inte få mig dömd till fängelse. Du skall få lida för att du kom på mig! Han går bakom Emma och tar tag i hennes fingrar och skriker, nu skall du få känna smärta! Emma försöker för allt hon är värd att knyta sina nävar för att han inte skall komma åt hennes fingrar. Men kraften i henne är inte så stark och han lyckas få tag i hennes fingrar och bryter av dem en efter en.

Emma skriker förtvivlat av smärta, men när han hade brutit av det sjätte fingret tappar Emma medvetandet av all smärta. Stefan blev otroligt besviken över att se att hon inte var vid medvetande längre. Han slår då på henne i ansikte för att få henne tillbaka till verkligheten och han ruskar i hennes tunna späda kropp. Efter att ha ruskat i henne ordentligt så ser han att hon är vid lite medvetande och han är nu tillbaka på banan igen.

Max går tyst och försiktigt i den långa korridoren för att försöka se om han kan se några spår efter vart Emma kan vara. Han öppnar en dörr som leder in mot ett kontor väldigt försiktigt och håller sitt vapen hårt i hans hand och är beredd på att använda den för ingen skall göra hans personal illa. Max är beredd att göra allt som står i hans makt om han måste rädda Emmas liv. Han går in i rummet och ser att det är helt tomt och öde så han lämnar rummet och fortsätter gå mot nästa rum. Någonstans måste hon ju finnas tänkte Max, och går vidare mot nästa dörr och ser vad som döljer sig bakom den.

Stefan tar nu bort skarfsen som satt runt hennes mun för att han skulle slippa höra hennes skrik om hjälp, men eftersom hon nu var så illa däran så behövdes den inte mer. Han ruskar på henne så hon verkligen kunde hålla sig vid medvetande och när han ser att hon har ögonkontakt med honom, så välkomnade han henne tillbaka till verkligheten. Med en svag röst frågar Emma honom, varför dödade du dem?

Stefan tittade på henne med ett leende och med en stolthet så berättade han att de vägrade att fortsätta sitt samarbete med mig.

Emma försökte hålla sitt huvud uppe, och även sina ögonlock öppna, när hon fick fram orden, vilket samarbete?

Stefan gick bort till skrivbordet och satte sig på stolen och berättade att han hade utnyttjat de två kvinnorna i många fall. Jag bad dem om hjälp att jag ville att vissa brottslingar inte skulle straffas i tingsrätten men när de först vägrade att hjälpa mig var jag tvungen att hota dem med att göra deras barn eller föräldrar illa. Då var de med på banan igen och jag fick igenom att många skulle gå fria.

Men efter ett tag så skickade Lisa ett sms till mig att hon och hennes sekreterare inte kommer hjälpa mig mer och att de skulle gå till polisen och berätta om vad jag hade utsatt dem för. Som jag hade utsatt dem för! Skrek Stefan och rusade upp ur stolen och gick mot Emma. Jag hade inte utsatt dem för någonting!

Emma tog mod till sig och svarade honom att de var två starka kvinnor som ville polisanmäla dig, din jävel. Stefan tappade fattningen helt och hållet och slog henne gång på gång i ansikte och på bröstet. Emma skrek av smärta, smärtan var olidlig och hon kände att hon orkade inte mer där och då.

Max hör hennes skrik och följer skriket tills han kommer fram till ett kontor, där han hör Stefans röst innanför dörren. Max tog ett djupt andetag och tänkte inte på hur han skulle gå tillväga utan han skulle bara in i rummet där Emma fanns, till alla odds.

Han öppnar dörren och ser att Stefan står framför henne och slår mot hennes kropp. Stefan får syn på Max och inser att nu kommer han bli tagen, han vägrar bli tagen innan han hade fått död på Emma för då fanns det ingen som kunde vittna mot honom. Han försöker gömma sig bakom Emma men Max säger ingenting utan skjuter Stefan i axeln med två skott så han faller ner på golvet, han ville inte döda Stefan för det skulle bli ett lättare straff för honom och så lätt skulle han inte komma undan.

Max springer fram till Emma och får till sin förskräckelses syn på hur illa skadad hon är. Tårarna rinner ner från Max kinder och han inser att det är bråttom att få in henne till sjukhuset så hon får vård. På golvet nedanför han, ligger Stefan och kvider av smärta. Max tittar på han och säger att han skall bara hålla käft för det är inte ens hälften av smärta du har gentemot Emma.

Han tar upp sin mobiltelefon och ringer larmnumret och berätta att han är kommissarie Max och befinner sig i tingsrätten och han behöver polis och två ambulanser, NU! Han lägger ner sin mobiltelefon i fickan och försöker lossa Emmas händer, men så fort han rör dem så skriker Emma. Max tittar på hennes händer och ser att henens fingrar står åt alla håll, han förstår att de är brutna.

Max tar försiktigt av henne sladden som var virad runt hennes händer och lyfter upp henne ur stolen. Emma hade ingen ork i kroppen utan föll bara mot marken hela tiden. Max tog upp henne och bar ut henne ur rummet. Emma lyckades öppna ögonen några millimeter och ser Max ansikte.

-Jag visste att du skulle komma sa Emma sen svimmade hon.

-Emma, Emma skrek Max förtvivlat och sprang mot utgången med henne i hans famn för att möta ambulanspersonalen. Hjälp, hjälp skrek Max förtvivlat, och möttes av att ambulanspersonalen kom springandes mot honom med en bår.

Max la henne försiktigt på båren och skrek att det fanns en mördare skadad där inne. Max brydde sig verkligen inte om Stefan dog där inne av sina skador, nu var det bara Emma som gällde för honom. Polisbilar kom körandes i ilfart med polissirerna på och hoppade ur bilen och fick syn på att kommissarie Max stod vid ambulansen och frågade vad som hade hänt. Max förklarade att Domare Stefan låg där inne skjuten men jag måste följa med ambulansen med Emma, ni får ta hand om honom därinne.

Ambulansmännen tog in Emma på båren i ambulansen och sa till Max att han fick möta upp dem vid akuten, Max vägrade att lyda order från en ambulansman utan hoppade in i bilen och satte sig vid Emmas sida. De körde i ilfart med sirener på till sjukhuset som låg en kilometer bort.

Ambulansen körde in vid ambulansintaget och möttes av två läkare och ett flertal sjuksköterskor som stod och väntade på dem. En av sjuksköterskan försöker stoppa Max från att gå in i akutrummet och ber han sitta ner och vänta i väntrummet istället.

Max vägrade och försökte ta sig in till Emma, men blev återigen utskickad och ombedd att vänta i väntrummet.

Max påpekar att hon är polis och ni måste rädda henne och hjälpa henne. Sjuksköterskan tittar på Max och försöker hålla sig lugn när hon berättar att det är deras jobb att hjälpa människor, så låt oss göra vårt jobb nu. Max backade undan och lät de påbörja sitt jobb och gick med tunga steg till väntrummet.

När han sitter på en av plaststolarna som finns i väntrummet brister han i gråt och kan inte hejda sig, i ren förtvivlan över att kanske har förlorat Emma, tar han upp sin telefon och ringer till Erik och berättar vad som har hänt och ber att han kommer och gör han sällskap i väntan på domen om hur vida Emma kommer klara sig eller inte.

Erik slängde sig i bilen och körde i ilfart ner till sjukhuset, där han springer in och mötts av Max som bara sitter och gråter. Han rusar fram till honom och frågar om han har fått något besked om Emma. Max torkar sina tårar med papperet som han fick av en annan person som satt och väntade på svar från läkaren. Pappret var så blött att det knappt höll ihop. Max svarade Erik att han inte hade fått några besked ännu, de sa att jag bara skulle sitta här och vänta, och det är det värsta när man bara ska vänta hela tiden.

Erik la sin arm om Max och sa att Emma var en stark person och att hon skulle klara av detta. Han frågade Max vad som hade hänt med henne och hur Max fann henne. Max berättade för honom från början om vad som hade hänt. Erik tittar på honom och säger att Emma aldrig kan släppa något om hon inte har helt klara bevis på vad som hade hänt.

Efter många timmars väntande och ingen läkare som hade kommit ut till dem för att berätta vad som hade hänt med Emma, satte de på den lilla tv:n som fanns i hörnet av väntrummet där det visades nyheter. Låt det programmet vara på sa Erik. Plötsligt så hör Max att de pratar om vad som hade hänt vid tingsrätten,

-Hur fan har de hyenorna fått tag på informationen så snabbt, sa Max.

-Ta det lugnt, de gör bara sitt jobb svarade Erik.

Dörren in till akuten öppnades och ut kommer en man i en lång vit rock och vita tofflor mot honom och frågar om han var anhörig till Emma.

-Jag är hennes chef så du kan tala med mig, sa Max.

Läkaren satte sig på den lediga stolen som fanns bredvid honom och berättade att Emma lever. När han sa det så brast både Erik och Max i gråt. Läkaren la sin hand på Max axel och sa att det var mycket skador som hon har fått. Sex brutna fingrar, åtta brutna revben och en punkterad lunga, ansiktet var också illa däran och käkbenet var brutet, men sen var det en sak till. Eftersom att hon hade fått så många slag i ansiktet är jag inte säker på att hennes syn på hennes högra öga kommer att klara sig, men det kommer vi få veta om ett par dagar.

Max tittar på läkaren och frågar om de kan få träffa henne? Läkaren svara att det går bra en liten stund och reser sig upp och ber de följa med så ska han visa vägen för dem. Efter många långa tunga steg kom de fram till dörren som ledde in till Emma.

-Här är det sa läkaren och lämnade de ensamma.

Max öppnade dörren och ser att Emma ligger där i sängen med bandage om händerna och omplåstrad i hela ansiktet, och slangar överallt. De går in och tar en stol och sätter sig vid hennes sida och Max tar på hennes bröstkorg lite så hon kunde känna närvaron från honom. Max tittar på henne och försiktigt ropar han Emma, Emma hör du mig?

Emma försöker öppna sina ögon men på grund av all svullnad som hon hade i ansiktet kunde hon inte få upp sina ögon och efter operationen var hon drogad av morfin. Du behöver inte prata Emma, men vi är nu här hos dig och vi kommer inte lämna din sida, du behöver inte vara rädd sa Max med gråten i halsen.

Max tittar på hennes ansikte som nu var svullet, blått och omplåstrat, hennes fina hud var nu ärrad för resten av hennes liv. Han ser att hon börjar gråta, och tar sitt finger och torkar tårarna och säger till henne att hon inte behöver vara ledsen för det här kommer gå bra och hon var inte själv. Läkaren knackar på dörren och ber dem att lämna Emma nu för hon måste få vila. Max böjer sig ner mot hennes huvud och viskar i hennes öra. Jag kommer alldeles strax tillbaka jag ska bara prata med läkaren utanför ett litet tag. Emma nickar försiktigt och Max lämnar henne och går tillsammans ut med Erik och pratar med läkaren.

Läkaren berättade att det var nu dags för dem att lämna Emma ifred så hon fick vila och samla lite krafter. Max spände ögonen i läkaren och sa att han inte kommer lämna Emmas sida så länge hon ligger här, det skall du ha väldigt klart för dig.

Läkaren försökte berätta för Max att det var viktigt att hon fick vila men för varje ord läkaren sa så sa Max till honom att hålla tyst. Till slut gav läkaren upp och gick därifrån. Max sa till Erik att han skulle kolla med den läkaren som var ansvarig för Stefan, hur det var med honom och att han skulle sätta en polis utanför hans rum hela tiden. Den mannen ska överleva och få sin dom för vad han har utsatt Emma för, jag stannar kvar här hos Emma och vi håller kontakten via telefon.

Erik lämnade Max och gick för att få leta upp ansvarig läkare om att han ville få några svar om Stefans tillstånd. Max gick in igen till Emma och satte sig vid hennes sida och la hans hand på hennes bröstkorg så hon kände att han var nära henne. Någon annanstans kunde han inte ta på henne på grund av alla hennes skador. Han böjde ner sitt huvud och kysste hennes läppar ömt och viskade att han fanns här hos henne och kommer aldrig lämna henne.

Max satte sig till rätta i stolen och försökte att inte gråta mer för Emmas skull. Han kunde inte släppa blicken från henne när hon låg där så skadad och hade så mycket värk, det hon hade blivit utsatt för var hon inte värd. Hon som var en så snäll och fantastisk kvinna, men han lovade sig själv att Stefan skulle få betala för detta ordentligt, han fick skylla sig själv för hur hans utgång skulle bli.

Det plingade till i Max telefon som han hade i sin byxficka, han tog upp mobiltelefonen och ser att det är ett sms från Erik. Han låser upp meddelandet och ser att Erik hade skrivit att Stefan är opererad och kommer klara sig. Han hade begärt in poliser som kommer vakta hans rum.

Med en glädjande känsla av att Stefan hade klarat sig och kunde nu stå åtalad för allt han hade gjort, gjorde att Max fick mer hopp. Emma skulle klara sig fysiskt men om hon skulle förlora synen var de tvungna att vänta på i några dagar och de skulle komma bli långa dagar. Stefan överlevde skotten och återhämtar sig nu på uppvaket, att han var en så duktig på att skjuta, visste han inte själv. Musten gick nu ur Max och han somnade till i fåtöljen som han satt i.

Efter några timmars sömn vaknar Max till av att en sjuksköterska kom in och frågade om han ville ha någon macka eller kaffe då han hade suttit där länge. Max försökte vakna till och kom på att han var på sjukhuset, och försöker hoppa upp ur fåtöljen när sjuksköterskan tar han på axlarna och säger att han ska ta det lugnt, Emma sover och allt är stabilt med henne. Max sätter sig ner igen och andas ut och gnuggar sig i ögonen och drar fingrarna genom sitt hår.

Sjuksköterskan tittar på han igen och frågar om han ville ha något, lite kaffe svarade Max och tittade på Emma. Hon låg där och sov gott det kunde han se på hur hennes bröstkorg rörde sig. Efter några minuter kom sjuksköterskan in med en kopp kaffe och en ostmacka så han fick i sig något.

Hon satte sig ner vid honom och frågade hur han mådde i denna situation, hon förstod att kvinnan var någon som betydde mycket för honom för det kunde hon se. Max håller sin kopp kaffe med båda händerna då han var lite frusen efter att ha somnat till i fåtöljen och tittar på Emma och säger att den kvinnan är en av hans bästa poliser. Hon åkte iväg på ett förhör själv då hon inte fick tag på mig eller någon annan av hennes kollegor och detta är resultatet av förhöret sa Max och drack lite kaffe.

Sjuksköterskan sa att den kvinnan skall vara glad över att ha en sådan chef som dig, det är inte alla chefer som skulle ställa upp så här för en av sina medarbetare. Max tittade på henne och sa att alla människor ska ha ett bra stöd av sin chef annars är man inte en bra chef. Sjuksköterskan berättade att det var hon som var ansvarig sjuksköterska för Emma under natten och om det var något som han behövde, vad som helst så var det bara att ringa på klockan så kommer hon. Max tackade henne så mycket för allt och lovade att ringa på klockan om det var något.

Hon lämnade rummet och Max drog fram sin fåtölj närmare sängen så Emma kunde känna hans närhet. När han satt där vid hennes sida kunde han inte sluta att tänka på hur mycket hon betydde för honom och att han verkligen skulle bedyra det för henne när han fick möjlighet. Han tog upp sin mobil för att se om det var någon information från Erik angående Stefan. Det fanns inga meddelande så han förutsatte att allt var i sin ordning.

Det knackade till lite försiktigt på dörren och dörren öppnades lite och Max tittade vem det kunde vara. Erik tittar in lite och Max vinkar in honom. Han sätter sig bredvid Max och meddelar att läget med Stefan är stabilt, men hur är det med min kollega frågade han. Max berättade att läget är oförändrat och stabilt men jag kommer stanna kvar här hos henne. Jag vill att du åker hem och sover några timmar sen vill jag att du åker till jobbet och meddelar vad som har hänt sa Max. Erik nickade och gick fram till Emma och tog henne lite på hennes bröstkorg för att sedan lämna rummet.

På morgonen var det dags för niomötet som egentligen Max brukade hålla i, men nu var det Erik som höll i det. Poliserna kom in och satte sig vid konferensbordet och frågade lite skämtsamt om Erik ville stiga i graderna och låtsas vara kriminalare. När alla poliser var på plats så berättade Erik att Emma låg på sjukhus allvarligt skadad och Max sitter där just nu vid hennes sida. Linda börjar gråta och frågar förtvivlat vad det var som hade hänt med Emma. Erik berättar att Emma inte kunde släppa tanken på att det var något som inte stämde med fallet och att vi kanske hade tagit fel gärningsman. När hon hade kommit på att det var fel gärningsman som vi hade förstod hon att det var Domare Stefan som hade mördat och våldtagit Lisa och hennes sekreterare.

Med gråten i halsen fortsätter Erik att berätta att hon hade åkt till tingsrätten för att förhöra Stefan men tydligen hade hon inte fått tag i någon som kunde följa med henne så hon åkte själv och där hade Stefan slagit henne fördärvat i ansiktet och mot hennes kropp, han hade även brutit sex fingrar på henne. Max åkte till tingsrätten efter en lapp av dig Linda att hon var i Tingsrätten.

Linda börjar anklaga sig själv för att hon inte hade stannat tills Max kom tillbaka eller kontaktat någon annan polis. Erik går fram till henne och kramar om henne och säger att det är ingen idé att du anklagar dig själv för det hjälper inte och du hade inte kunnat göra något. Du skrev ju en lapp som hon bad om och la på Max bord vilket gjorde att han åkte dit och fann henne.

Max sköt Stefan i axeln två gånger och är nu opererad och ha en polis som vaktar hans rum. Jag ska ner dit nu på förhör och vill ha någon med mig, så vem ställer upp? Jörgen som hade inre tjänst meddelade sitt intresse och Erik nappade på en gång. Så nu vet ni alla hur läget är, om Emmas tillstånd ändras kommer jag meddela er så ni är uppdaterade. Erik sa till Jörgen att han skulle göra sig i ordning och att om fem minuter åker de till sjukhuset för att förhöra Stefan.

Max har inte lämnat Emmas sida när Erik kommer in genom dörren, och frågar hur det är med Emma, har man sett några förändringar? Max reser sig upp från sin fåtölj och går mot Erik som står vid dörren och säger att de kan prata utanför så de inte skulle väcka henne. Erik öppnar dörren och de går ut och stänger dörren försiktigt för att inte väsnas för högt.

Max berättar att läget är oförändrat och man hoppas på att hon snart skall vakna och vara medveten lite mer. För just nu när hon vaknar till, så skriker hon bara nej, så de har fått ge henne ganska mycket lugnande. Erik sätter sig på en stol utanför rummet och berättar att de har haft förhör med Stefan och han har nu erkänt morden på Lisa och hennes sekreterare. Max lyser upp i hela ansiktet och frågade hur han lyckades med det, men Erik svarade att det ville han inte veta.

Tydligen så var Stefan skyldig en massa pengar till olika gangsters då han hade spelmissbruk. När han inte kunde betala sin skuld så var han tvungen att betala dem på ett annat sätt, och eftersom han var domare så ansåg gangsterna att det var ett bra sätt att få betalt från honom om han kunde se till att vissa personer som stod högt upp i kurs inte blev dömda.

Men efter ett par gånger som de hade hjälpt honom mot deras vilja så vägrade de att fortsätta. Lisa konfronterade då Stefan och sa att hon inte ville vara med längre och om han inte lät henne vara så skulle hon gå till polisen och tala om allt. Det kunde han inte riskera utan mördade henne och våldtog henne, sa Erik.

För att sedan förvilla oss på bästa sätt så hade han sett till att han hade en fejk tatuering med fuck you tecknet på sin hals som brottslingen Villiam hade. Men han hade inte varit så smart där, för Stefan hade satt den på sin högra sida medans Villiam hade den på sin vänstra och det var det som gjorde att Emma inte kunde släppa fallet.

-Fy fan svarade Max, men mordet på Sekreteraren, varför mördade han henne?

Erik berättade att efter Lisas mord, skickade hon ett sms till honom att hon visste att det var han som hade mördat Lisa och att han inte skulle komma undan med det. Det var då det slog slint i huvudet på honom. Tydligen så bodde Lisa och hennes sekreterare ganska nära varandra och brukade promenera vid stranden båda två, fast vid olika tidpunkter.

-Nu har vi honom, och kommer kunna åtala honom ordentligt, sedan hoppas jag att Emma kommer vittna mot honom i tingsrätten så kommer straffet för honom bli ännu längre, sa Max med ett belåtet ansikte.

Max tittade på Erik med ett stort leende, nu har vi den jäveln riktigt ordentligt sa Max. Nu kan vi bara vänta på att se hur det kommer bli med Emma, och det är inte enkelt att se henne så här sa Max. Men det är bara att vänta ut och låta henne få den tid hon behöver på sig för att återhämta sig sa Max och gick in i rummet för att finnas vid Emmas sida.

Timmarna gick och mörkret hade börjat falla och plötsligt öppnas sig dörren och in kommer hela teamet och säger att de kommer sitta här vid hennes sida då mördaren är fast så nu är Emma prioriterad som nummer ett. Max tackar alla för att de kom och visade sin uppskattning för en kollega i en sådan här situation. Några av dem tog in en stol som fanns i korridoren och satte sig på, men när stolarna var slut så satte sig de andra bara på golvet. Det spelade ingen roll hur de satt bara de fick vara hos henne så var de nöjda.

Nu när Max inte var själv längre så kände han att han kunde slappna av och somnade på bara någon minut. Alla de andra satt där och pratade så hon skulle höra att de var hos henne, att hon inte var ensam. De som satt på golvet tog fram en kortlek och började spela poker medans de som satt på stolarna satt och pratade om arbetet. Framåt små timmarna kunde de se hur Emma började röra sig och försökte sätta sig upp i sängen. Erik hoppade upp från golvet och gick fram till henne och sa att hon skulle ta det lugnt och hjälpte henne att sätta sig försiktigt upp.

Emma öppnade upp ögonen så mycket hon kunde och tittade runt i rummet och såg att alla hennes kollegor satt vid hennes sida. När hon fick syn på att Max satt och sov i fåtöljen började hon skratta men det kunde hon inte göra mer än någon sekund för då började värken ge sig till känna.

-Har ni givit han sömnmedel för att slippa höra hans tjat? sa Emma.

-Nej vi lyckades inte få tag på något, men vi trodde aldrig han skulle somna så vi fick lugn och ro, svarade Erik.

Linda gick fram till Max och ruskade lite lätt på honom så han skulle vakna, han hoppade till av rädsla.

-Titta vem som har vaknat sa Linda och pekade på Emma.

Max flög upp ur fåtöljen och ställde sig vid Emmas sida, han ville bara krama om henne och kyssa henne men nu var hela teamet här så han var tvungen att behärska sig.

-Hur mår du? Kan du se frågade Max oroligt.

-Se? frågade Emma lite fundersamt, det är klart jag kan se svarade Emma.

Max började gråta och alla i teamet tittade på honom och undrade varför han grät. Han berättade att läkarna hade sagt att det inte var säkert att Emma skulle få behålla sin syn efter vad hon hade blivit utsatt för svarade Max.

Emma tittade på Max och sa att hon ser att hennes chef gråter och det måste vi få på foto, och ha på kontoret för det är inte varje dag som man ser det. Alla började skratta i rummet och Max förstod att han måste säga något nu.

-Ja nu är det väl dags för mig att säga några ord kanske, sa Max

JA, skrek alla och började klappa händerna och ropa i kör tal, tal,

-Okej, ja jag kanske inte har varit den bästa chefen, men som ny kommissarie var det inte lätt att komma in er grupp. Men som ni nu kanske förstår så är jag en chef som är väldigt mån om mina anställda och kommer alltid ställa upp för er, sa Max.

Det blev ett stort jubel i rummet och alla klappade händerna. Efter allt oväsen kom en sjuksköterska in i rummet och till sin förvåning fick hon se att Emma var vaken och rummet var fyllt av poliser. Jag får nog be er alla att lämna rummet så jag får undersöka Emma i lugn och ro sa sjuksköterskan.

Alla reste sig från sina platser, även Max när de lämnade rummet gick de alla förbi Emma och kramade om henne och talade om hur glada de var för att hon nu var vaken och mådde bättre. När den siste personen lämnade rummet började Emma gråta över lyckan att de fanns där för henne i vått och torrt.

Några dagar senare kom Emma in på kontoret med gips om sina armar och skenor om fingrarna och ett mindre svullet ansikte. Alla blev så glada över att se henne. Erik kom fram till henne och frågade vad hon gjorde där. Emma berättade att hon bara skulle komma förbi och säga hej innan hon skulle till tingsrätten och vittna om hur Stefan misshandlade henne. Erik frågade om hon ville ha sällskap ner för han kunde följa med om hon ville. Emma berättade att det var okej då Max skulle finnas vid hennes sida då han också skulle vittna om hur han sköt honom och vad han såg. Erik kramade om henne och önskade henne lycka till.

Max kom ut ur sitt kontor och frågade om hon var redo för vittnesmålet mot Stefan? Emma svarade att mer redo kunde hon aldrig bli, för hon visste att han skulle bli dömd för morden men nu var det om hur mycket mer straff han skulle få på grund av det han gjorde mot mig.

Max tog henne om axlarna och sa att nu åker vi, och gick sedan ut genom den gröna dörren. Men innan dörren stängdes igen, skrek Erik till och sa,

-Ge den jäveln vad han förtjänar! Emma vänder sig om och nickar och har ett stort leende på läpparna, sen stängs dörren!